Sherlock Holmes

Um Estudo em Vermelho

Título original: *A Study In Scarlet*
Copyright da tradução © Editora Lafonte Ltda., 2018

Todos os direitos reservados.
Nenhuma parte deste livro pode ser reproduzida sob quaisquer meios existentes sem autorização por escrito dos editores.

Direção Editorial	*Ethel Santaella*
Coordenação Editorial	*Denise Gianoglio*
Tradução	*Ciro Mioranza*
Revisão	*Valéria Thomé*
Projeto gráfico de miolo e capa	*Full Case*
Ilustração de capa	*duncan1890/istockphoto.com*
Produção gráfica	*Giliard Andrade*

Dados Internacionais de Catalogação na Publicação (CIP)
(Câmara Brasileira do Livro, SP, Brasil)

```
Doyle, Arthur Conan, 1859-1930
   um estudo em vermelho / Arthur Conan Doyle ;
tradução Ciro Mioranza. -- São Paulo : Lafonte, 2021.

   Título original: A study in Scarlet
   ISBN 978-65-5870-120-0

   1. Ficção policial e de mistério (Literatura
inglesa) 2. Holmes, Sherlock (Personagem fictício)
I. Título.

21-69078                              CDD-823.0872
```

Índices para catálogo sistemático:

1. Ficção policial e de mistério : Literatura
   inglesa   823.0872

Cibele Maria Dias - Bibliotecária - CRB-8/9427

Editora Lafonte
Av. Profa Ida Kolb, 551, Casa Verde, CEP 02518-000, São Paulo-SP, Brasil – Tel.: (+55) 11 3855-2100
Atendimento ao leitor (+55) 11 3855-2216 / 11 3855-2213 – atendimento@editoralafonte.com.br
Venda de livros avulsos (+55) 11 3855-2216 – vendas@editoralafonte.com.br
Venda de livros no atacado (+55) 11 3855-2275 – atacado@escala.com.br

ARTHUR CONAN DOYLE

Sherlock Holmes

Um Estudo em Vermelho

Tradução:
Ciro Mioranza

Lafonte

Sumário

Apresentação 7

Primeira Parte
Reimpressão das memórias do Dr. John H. Watson,
ex-oficial médico do Exército Britânico

Capítulo I	O senhor Sherlock Holmes	 13
Capítulo II	A ciência da dedução	 25
Capítulo III	O mistério de Lauriston Gardens	 39
Capítulo IV	O que John Rance tinha a contar	 53
Capítulo V	Nosso anúncio traz um visitante	 63
Capítulo VI	Tobias Gregson mostra o que pode fazer	 73
Capítulo VII	Uma luz nas trevas	 85

Segunda Parte
A terra dos santos

Capítulo I	Na grande planície alcalina	 99
Capítulo II	A flor de Utah	 113
Capítulo III	John Ferrier fala com o profeta	 123
Capítulo IV	Uma fuga pela vida	 131
Capítulo V	Os anjos vingadores	 143
Capítulo VI	Continuação das memórias do Dr. John Watson	... 155
Capítulo VII	Conclusão	 169

Apresentação

Dizer algo que seja novo sobre Sherlock Holmes é praticamente impossível, pois esse personagem da crônica policial, que personifica um detetive amador, foi de tal modo explorado e divulgado, durante mais de um século, por todos os segmentos da mídia internacional, que não é exagero afirmar que, de alguma forma, é mais famoso que seu criador. O mesmo se poderia asseverar, respeitados certos limites, de seu inseparável companheiro de investigações, o dr. John Watson. O criador desses dois célebres personagens da literatura mundial foi o médico escocês Arthur Ignatius Conan Doyle (1859--1930), nascido em Edimburgo, na Escócia. Concluído o curso de Medicina em 1881, Conan Doyle iniciou sua atividade profissional em um exíguo consultório, onde, sem clientes, ocupava suas horas escrevendo. Tentou nova experiência servindo como médico em um navio, viajando por sete meses, mas não se afeiçoou muito a esse modo de vida. Assim mesmo, embarcou numa segunda nave, que percorreu boa parte da costa da África durante quase seis meses. Essa outra experiência o desanimou totalmente, por causa das agruras dessas viagens por mar; decidiu nunca mais zarpar em qualquer vapor, até porque ganhava mais escrevendo do que exercendo sua profissão a bordo, como ele próprio escreveu à mãe.

Passou então a dedicar-se exclusivamente à atividade literária, que, desde sua juventude, era uma paixão. Não parou mais de escrever e deixou imensa obra. Embora tenha se tornado mundialmente conhecido por seus escritos de crônica policial, publicou ainda contos, narrativas, ensaios e obras históricas.

Em *Um Estudo em Vermelho* o autor introduz os personagens Sherlock Holmes e o dr. John Watson, traçando o perfil humano e profissional de cada um deles. *Um Estudo em Vermelho* é um romance policial que foi publicado primeiro na revista *Beeton's Christmas Annual*, em 1887. Em formato de livro, apareceu somente no ano seguinte, 1888. O caso policial ou o assassinato de um homem é narrado pelo dr. Watson, que se torna uma espécie de secretário do detetive Sherlock Holmes.

O romance trata de um assassinato que, à primeira vista, parece inexplicável. Pistas complexas e confusas desnorteiam os investigadores. Nesse momento, entra em cena Sherlock Holmes. O autor, ao apresentar esse personagem, reveste-o de uma inteligência rara e, de modo particular, de uma perspicácia fora do comum. Descreve o método de dedução lógica utilizado por ele para desvendar os meandros que envolvem um crime que parece sem solução. Aspectos passionais e religiosos, estes protagonizados pela organização americana dos mórmons, são a chave para desvendar o mistério. Há uma conexão entre a Europa e a América tanto na perpetração do crime como na descoberta da razão que o motivou. Surge uma verdadeira competição, na caça ao criminoso, entre o detetive amador Sherlock Holmes e a organização oficial da Scotland Yard. Esta leva os louros da elucidação do caso, embora todos os méritos sejam do primeiro.

O enredo do romance se desenrola em torno de um crime envolto em total mistério. Embora o método dedutivo peculiar de Sherlock Holmes o leve a desvendá-lo quase de imediato, ele guarda total segredo sobre suas deduções e conjeturas, revelando algumas de maneira aleatória, o que deixa a força policial incrédula, levando-a a cometer erros. Mesmo assim, o suspense é mantido até o final, quando o próprio Holmes, depois de prender o criminoso, descreve todos os passos de sua investigação, que lhe permitiram descobrir e deter o culpado. O autor é mestre em prender o leitor a cada página do livro, do início ao fim, sabendo pingar, aqui e acolá, tiradas de humor que aliviam a tensão das passagens mais pesadas.

O tradutor

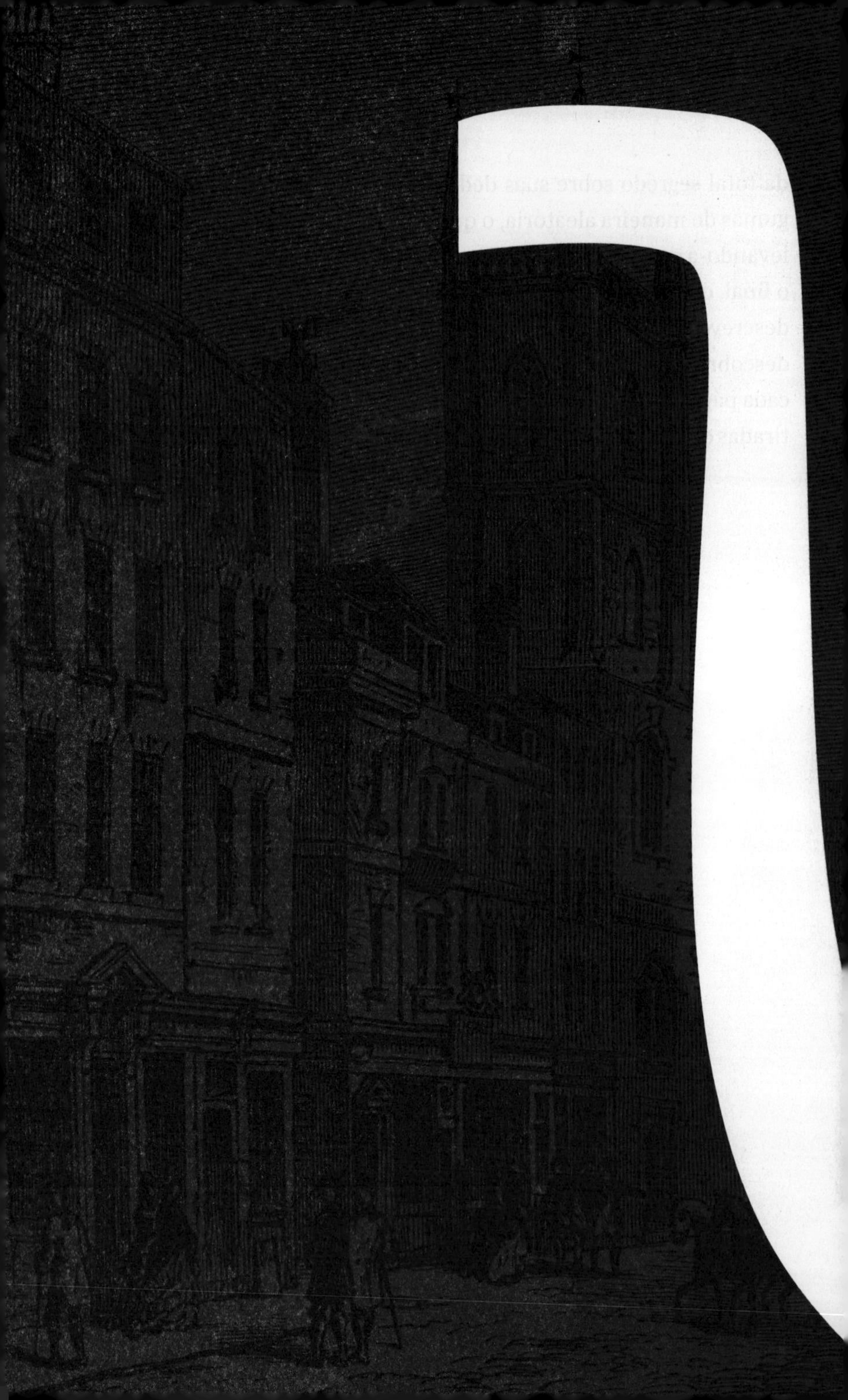

Primeira Parte

Trata-se de uma reimpressão das memórias do Dr. John H. Watson, ex-oficial do Departamento Médico do Exército.

Capítulo I
O senhor Sherlock Holmes

No ano de 1878, concluí meu curso de Medicina na Universidade de Londres e logo parti para Netley, a fim de seguir o curso prescrito para os médicos militares. Terminado meu estágio no Exército, fui designado para o 5º Regimento de Fuzileiros de Northumberland, na qualidade de cirurgião-assistente. Nessa época, o regimento estava aquartelado na Índia, e, antes que eu pudesse chegar lá, eclodiu a Segunda Guerra Anglo-Afegã. Ao desembarcar em Bombaim, soube que meu regimento havia atravessado os desfiladeiros e já estava no meio do território inimigo. Segui em frente, no entanto, com muitos outros oficiais que estavam na mesma situação que a minha, e consegui chegar são e salvo a Kandahar, onde encontrei meu regimento e logo assumi minhas novas funções.

A campanha trouxe honras e promoção para muitos, mas para mim nada proporcionou, a não ser infortúnios e desastres. Fui transferido de minha brigada para as tropas de Berkshire, com as quais tomei parte na fatídica batalha de Maiwand. Ali fui ferido no ombro por uma bala de um fuzil inimigo, que me fraturou o osso e atingiu de raspão a artéria subclavicular. Teria caído nas mãos dos sanguinários guerreiros ghazis, se não fossem a devoção e a coragem mostradas pelo ordenança Murray, que me pôs num cavalo de carga e conseguiu me levar a salvo até as linhas britânicas.

Abatido pelo sofrimento e enfraquecido pelas prolongadas privações, fui colocado em uma longa composição ferroviária com outros feridos e removido para o hospital de base de Peshawar. Ali fui me restabelecendo e já tinha melhorado bastante para me permitir andar pelas alas do hospital ou mesmo me aquecer um pouco ao sol na varanda quando fui acometido de uma enterite, essa praga de nossas possessões indianas. Durante meses minha vida esteve em perigo e quando, finalmente, voltei a mim e entrei em convalescença, estava tão fraco e macilento que uma junta médica foi incisiva ao dizer que não se deveria perder nem mais um dia antes de me enviar de volta à Inglaterra. Consequentemente, fui transportado a bordo do navio Orontes e, um mês depois, desembarquei no cais de Portsmouth, com minha saúde irremediavelmente arruinada, mas com a permissão, dada por um governo paternal, de passar os nove meses seguintes tentando melhorá-la.

Eu não tinha amigos nem parentes na Inglaterra e, portanto, me achava tão livre como o ar... ou tão livre quanto pode ser um homem com um rendimento de 11 xelins e meio por dia. Em tais circunstâncias, fui naturalmente atraído por Londres, essa grande cloaca para a qual são irresistivelmente "drenados" todos os vadios e desocupados do império. Ali fiquei algum tempo num hotel da Strand, levando uma vida desconfortável e sem sentido, gastando mais dinheiro do que possuía, muito mais do que deveria. O estado de minhas finanças se tornou tão alarmante que logo percebi que tinha de deixar a metrópole e me mudar para algum lugar no campo ou alterar completamente meu estilo de vida. Escolhendo a última alternativa, decidi sair do hotel e me alojar em um lugar menos pretensioso e mais barato.

Exatamente no dia em que cheguei a essa conclusão, estava no

Bar Criterion quando alguém bateu em meu ombro; voltando-me, reconheci o jovem Stamford, que havia sido meu assistente em Barts. Ver um rosto amigo no imenso deserto de Londres é realmente algo muito agradável para um homem solitário. Nos velhos tempos, Stamford não tinha sido um amigo muito íntimo, mas agora o cumprimentei com entusiasmo e ele, por sua vez, pareceu feliz ao me ver. Na exuberância de minha alegria, convidei-o para almoçar comigo no Holborn, e embarcamos juntos numa carruagem.

– O que é que você andou fazendo, Watson? – perguntou ele, sem disfarçar o espanto, enquanto seguíamos pelas apinhadas ruas de Londres. – Está magro como um sarrafo e escuro como uma castanha.

Fiz um breve relato de minhas aventuras e mal havia concluído quando chegamos a nosso destino.

– Pobre diabo! – disse ele, condoído, depois de ouvir meus infortúnios. – E o que está fazendo agora?

– Ando à procura de alojamento – respondi. – Estou tentando resolver o problema; se possível, encontrar quartos confortáveis a um preço razoável.

– Estranho – observou meu companheiro. – Você é a segunda pessoa que me fala isso hoje.

– E quem foi a primeira? – perguntei.

– Um sujeito que trabalha no laboratório químico do hospital. Esta manhã, estava se queixando porque não conseguia ninguém para dividir com ele o aluguel de uns bons aposentos que havia encontrado e que eram caros demais para seu bolso.

– Que bom! – exclamei. – Se ele procura realmente alguém para compartilhar os aposentos e as despesas, sou exatamente essa pessoa. Prefiro ter um companheiro que morar sozinho.

Stamford me olhou de modo um tanto estranho, por cima de seu copo de vinho.

– Você ainda não conhece Sherlock Holmes – disse ele. – Talvez não vá lhe agradar muito tê-lo como companheiro permanente.

– Por quê? O que há contra ele?

– Oh! Eu não disse que havia algo contra ele. Ele é um pouco esquisito em suas ideias... e apaixonado por certos ramos da ciência. Que eu saiba, é uma pessoa decente.

– Estudante de Medicina, não é? – disse eu.

– Não... não faço a menor ideia do que ele pretende seguir. Creio que entende muito de anatomia e é um químico de primeira ordem; mas, pelo que sei, nunca fez um curso regular de Medicina. Seus estudos são aleatórios e um tanto excêntricos, mas já acumulou boa quantidade de conhecimentos estranhos, que poderiam espantar seus professores.

– Nunca lhe perguntou em que deseja se especializar? – indaguei.

– Não, não é homem chegado a confidências, embora seja bastante comunicativo quando a fantasia toma conta dele.

– Gostaria de conhecê-lo – disse eu. – Se tiver de morar com alguém, preferiria que fosse um homem estudioso e tranquilo. Ainda não estou bastante forte para suportar ruído ou algazarra. Já tive muito dessas duas coisas no Afeganistão e que deverão perdurar em mim pelo resto de minha existência. Como poderia encontrar esse seu amigo?

– Com toda a certeza, deve estar no laboratório – respondeu meu companheiro. – Por vezes, evita o local durante semanas, mas na maioria das vezes trabalha lá de manhã até a noite. Se quiser, podemos procurá-lo depois do almoço.

– Certamente – respondi. E a conversa enveredou por outros assuntos.

Enquanto seguíamos para o hospital, depois de sairmos do Holborn, Stamford me deu mais alguns pormenores sobre o cavalheiro com quem eu me propunha a dividir a moradia.

– Não venha depois me culpar se você não se der bem com ele –

disse Stamford. – Nada mais sei a respeito dele além do que pude perceber em nossos encontros ocasionais no laboratório. Foi você que propôs esse acordo; não deverá, portanto, me responsabilizar por nada.

– Se não nos entendermos, será fácil nos separarmos – respondi. – Parece-me, Stamford – acrescentei, fitando meu companheiro –, que você tem algum motivo para lavar as mãos sobre esse assunto. O temperamento desse sujeito é assim tão temível? O que há com ele? Não seja falso!

– Não é fácil exprimir o inexprimível – respondeu ele com uma risada. – Holmes é um tanto científico demais para meu gosto... chega a ser frio. Poderia até imaginá-lo capaz de ministrar a um amigo uma pitada do último alcaloide vegetal, não por maldade, que fique bem entendido, mas simplesmente por espírito de pesquisa, a fim de ter uma ideia exata dos efeitos. Para fazer-lhe justiça, acho que ele próprio a tomaria com a mesma presteza. Parece que tem paixão pelo conhecimento exato e definitivo.

– Isso é ótimo!

– Sim, mas isso pode levar a excessos. Quando decide bater em cadáveres na sala de dissecação com uma vareta, é certamente algo um tanto bizarro.

– Bater em cadáveres?

– Sim, para verificar até que ponto contusões podem ser produzidas depois da morte. Eu o vi fazer isso com meus próprios olhos.

– E ainda assim você me diz que ele não estuda Medicina?

– Não. Só Deus sabe quais são os objetivos dos estudos dele! Mas estamos chegando, e você formará sua própria opinião a respeito dele.

Enquanto ele falava, entramos por uma rua estreita, apeamos e passamos por uma pequena porta lateral, que se abria para uma ala do grande hospital. O local me era familiar e não precisamos de guia para subir a gélida escadaria de pedra; seguimos por um longo corredor de paredes caiadas e portas escuras. Quase ao fundo, uma passagem em arco conduzia ao laboratório de química.

Era uma sala imponente, guarnecida de prateleiras cheias de recipientes. Mesas largas e baixas se espalhavam ao acaso, repletas de retortas, tubos de ensaio e pequenos bicos de Bunsen com suas trêmulas chamas azuis. Havia um único estudante na sala, curvado sobre uma mesa mais distante, absorto em seu trabalho. Ao ouvir nossos passos, olhou em volta e levantou-se de um pulo, com uma exclamação de alegria.

– Encontrei! Encontrei! – gritou ele para meu companheiro, correndo em nossa direção com um tubo de ensaio nas mãos. – Encontrei um reagente que é precipitado pela hemoglobina e por nada mais.

Se tivesse descoberto uma mina de ouro, suas feições não haveriam de mostrar maior satisfação.

– Dr. Watson, senhor Sherlock Holmes – disse Stamford, apresentando-nos.

– Como vai? – perguntou ele, cordialmente, apertando minha mão com uma força de que dificilmente o julgaria capaz. – Andou pelo Afeganistão, pelo que percebo.

– Como ficou sabendo disso? – perguntei, atônito.

– Não importa – respondeu ele, disfarçando um sorriso. – O que interessa no momento é a hemoglobina. Sem dúvida, você percebeu o significado dessa minha descoberta.

– Sob o ponto de vista químico, é interessante, não resta dúvida – respondi. – Mas na prática...

– Ora, meu amigo, é a descoberta mais prática de toda a medicina legal desses últimos anos. Não vê que nos fornece uma prova infalível em relação às manchas de sangue? Venha para cá agora!

Em sua ânsia, segurou-me pela manga do casaco e me puxou para a mesa na qual estivera trabalhando.

– Tomemos um pouco de sangue fresco – disse ele, picando o

dedo com uma longa agulha e recolhendo a gotícula de sangue numa pipeta. – Agora, coloco essa pequena quantidade de sangue num litro de água. Pode perceber que a mistura resultante tem a aparência de água pura. A proporção de sangue não pode ser superior a um para um milhão. Não tenho a menor dúvida, porém, de que poderemos obter a reação característica.

Enquanto falava, introduziu no vaso alguns cristais brancos, adicionando então algumas gotas de um fluido transparente. Num instante, o conteúdo assumiu uma cor escura de mogno, e uma poalha pardacenta foi se precipitando no fundo do recipiente de vidro.

– Ha! Ha! – exclamou ele, batendo as mãos e parecendo tão feliz quanto uma criança com um brinquedo novo. – O que pensa disso?

– Parece um teste muito delicado – observei.

– Lindo! Lindo! O velho teste de guáiaco era pouco prático e de resultado incerto. Isso também ocorre com o exame microscópico dos glóbulos sanguíneos, que não tem valor algum se as manchas têm poucas horas. Este, porém, parece apresentar uma reação satisfatória tanto em sangue velho como em sangue recém-coletado. Se esse teste já tivesse sido inventado, centenas de homens, que andam agora caminhando livremente por aí, há muito tempo já teriam pago por seus crimes.

– Verdade! – murmurei.

– Muitos casos de crime esbarram continuamente nesse ponto. Um homem pode se tornar suspeito de um crime meses depois de ele ter sido cometido. Suas roupas são examinadas e nelas são encontradas manchas escuras. Serão manchas de sangue, ou manchas de lama, ou de ferrugem, ou de fruta, ou de quê? Essa é uma pergunta que tem intrigado muitos peritos... e por quê? Porque não havia nenhum teste confiável. Agora temos o teste de Sherlock Holmes, e não haverá mais qualquer dificuldade.

Seus olhos simplesmente brilhavam enquanto falava. Ele levou a mão ao peito e fez uma reverência, como se fosse para uma multidão imaginária que o aplaudia.

– Você merece os parabéns – observei, realmente surpreso com seu entusiasmo.

– No ano passado, houve o caso de Von Bischoff, em Frankfurt. Certamente teria sido concluído que ele fora enforcado se já existisse esse teste. Houve também Mason, de Bradford, e o famigerado Müller e Lefèvre, de Montpellier, e ainda Samson, de Nova Orleans. Poderia enumerar uma série de casos em que esse teste teria sido decisivo.

– Você parece uma enciclopédia ambulante do crime – observou Stamford, rindo. – Poderia publicar um jornal dedicado a esse assunto. Pode chamá-lo de *Notícias Policiais do Passado*.

– E poderia se tornar também uma leitura muito interessante – observou Sherlock Holmes, colando um pedacinho de esparadrapo na picada que dera em seu dedo. – Tenho que tomar cuidado – continuou ele, voltando-se para mim com um sorriso –, pois mexo muito com venenos.

Enquanto falava, estendeu a mão e notei que estava toda salpicada de pedaços similares de esparadrapo e descorada pela ação de ácidos fortes.

– Viemos aqui a negócios – disse Stamford, sentando-se em um banquinho alto de três pernas e empurrando outro, com o pé, para mim. – Esse meu amigo está à procura de aposentos; e, como você andava se queixando de que não encontrava ninguém com quem dividir as despesas, achei que era o caso de apresentá-los.

Sherlock Holmes pareceu encantado com a ideia de dividir seus eventuais aposentos comigo.

– Estou interessado num apartamento da Baker Street –afirmou ele – que seria de todo conveniente para nós dois. Espero que não se importe com o cheiro de tabaco forte.

– Eu sempre fumo tabaco de marinheiro – repliquei.

– Ótimo. Geralmente tenho produtos químicos em casa e ocasionalmente faço experiências. Isso o incomoda?

– De modo algum.

– Deixe-me ver... quais são meus outros defeitos. Às vezes fico de mau humor e não abro a boca por dias. Não deve pensar que estou zangado quando isso ocorrer. Deixe-me sozinho e logo estarei bem. E você, o que tem a confessar? É muito bom que dois camaradas conheçam o lado pior um do outro, antes de passarem a morar juntos.

Eu ri diante desse interrogatório.

– Tenho um filhote de buldogue – disse eu – e detesto qualquer barulho porque meus nervos estão abalados; levanto nas horas mais impróprias e sou extremamente preguiçoso. Tenho outra série de vícios quando estou bem de saúde, mas por hora são esses os principais.

– O som de violino está incluso na categoria dos barulhos? – perguntou ele, ansiosamente.

– Depende de quem o toca – respondi. – Um violino bem tocado é uma melodia para os deuses... Quando mal tocado...

– Oh! Tudo bem – exclamou ele, com uma bela risada. – Acho que podemos considerar o assunto resolvido. Isto é, se os aposentos lhe agradarem.

– Quando vamos vê-los?

– Procure-me aqui amanhã ao meio-dia e vamos juntos para acertar tudo – respondeu.

– Ótimo. Ao meio-dia em ponto – disse eu, apertando-lhe a mão.

Nós o deixamos trabalhando com seus produtos químicos e voltamos a pé para meu hotel.

– A propósito – perguntei subitamente, parando e voltando-me para Stamford –, como se explica o fato de ele saber que eu tinha vindo do Afeganistão?

Meu companheiro sorriu enigmaticamente.

– Essa é precisamente uma de suas pequenas peculiaridades – disse ele. – Muita gente gostaria de saber como ele descobre as coisas.

– Ah! Um mistério, não é? – exclamei, esfregando as mãos. – Isso é mais que interessante. Sou muito grato a você por essa apresentação. Como sabe, o melhor assunto a ser estudado é o homem.

– Passe a estudá-lo então – disse Stamford ao se despedir de mim. – Vai achá-lo um sujeito complicado. Aposto que ele vai descobrir mais coisas a seu respeito do que você a respeito dele. Até logo.

– Até logo – respondi e fui andando para o hotel, profundamente interessado em meu novo conhecido.

Capítulo II
A ciência da dedução

Como havíamos combinado, nos encontramos no dia seguinte e fomos ver o apartamento no número 221-B da Baker Street, do qual ele havia falado. Consistia em dois confortáveis quartos de dormir e uma espaçosa sala de estar, alegremente mobiliada e iluminada por duas amplas janelas. Respondia muito bem a todas as nossas necessidades e era tão módico o preço quando dividido por dois, que logo fechamos o acordo de aluguel e tomamos posse do imóvel. Nessa mesma tarde, retirei minhas coisas do hotel e, na manhã seguinte, Sherlock chegou com várias caixas e maletas. Durante um dia ou dois estivemos inteiramente ocupados em desempacotar e arrumar da melhor maneira nossos objetos pessoais. Feito isso, começamos a nos acomodar aos poucos e a nos adaptar ao novo local.

Certamente, Holmes não era um homem de difícil convivência. Era tranquilo em seus modos e tinha hábitos regulares. Era raro encontrá-lo acordado depois das 10 da noite, e invariavelmente já havia tomado seu café da manhã e saído quando eu me levantava da cama. Às vezes, passava o dia no laboratório de química; outras vezes, na sala de dissecação e, ocasionalmente, em longas caminhadas, que pareciam levá-lo aos bairros mais degradados da cidade. Nada podia pará-lo quando se dedicava a uma atividade. Mas vez ou outra uma reação tomava conta dele e por dias inteiros ficava deitado no sofá da sala de estar sem dizer uma palavra ou sem mover um músculo, de manhã até a noite. Nessas ocasiões, eu percebia em seus olhos uma expressão tão desatenta e vaga que poderia suspeitar que fizesse uso de alguma substância, se a temperança e a transparência de vida dele não me proibissem tal suposição.

À medida que as semanas passavam, meu interesse por ele e minha curiosidade quanto a seus objetivos na vida aumentavam e se aprofundavam gradualmente. Até a figura e aparência dele despertavam a atenção do mais descuidado observador. Tinha pouco mais de 1,80 metro de altura, mas por ser muito magro parecia bem mais alto. Seus olhos eram perspicazes e penetrantes, exceto durante aqueles momentos de torpor a que me referi e seu nariz fino, como de águia, conferia a suas feições um ar penetrante e decidido. Também o queixo tinha a proeminência e a forma que indicavam um homem determinado. Suas mãos andavam invariavelmente salpicadas de tinta e manchadas por causa das substâncias químicas, ainda que tivesse uma extraordinária delicadeza no manuseio, como frequentemente pude notar, quando o via manipulando seus frágeis instrumentos de alquimista.

O leitor pode me considerar um incorrigível intrometido, ao confessar como esse homem estimulava minha curiosidade e de que modo, por mais de uma vez, procurei vencer as reticências que mostrava em relação a tudo o que se referia a ele. Antes de fazer mau juízo de mim, convém relembrar como minha vida era desprovida de objetivos e como havia bem poucas coisas que podiam prender minha atenção. Minha saúde me impedia de me aventurar a sair de casa, a menos que o tempo estivesse excepcionalmente bom; além disso, não tinha amigos que viessem me visitar e quebrassem a monotonia do meu cotidiano. Nessas circunstâncias, acabei por me interessar avidamente pelo pequeno mistério que envolvia meu companheiro e passava a maior parte de tempo procurando desvendá-lo.

Ele não estava estudando Medicina. Em resposta a uma pergunta, ele próprio havia confirmado a opinião de Stamford sobre esse ponto. Tampouco parecia que tivesse feito qualquer curso regular que o habilitasse a se inserir em algum ramo da ciência ou que tivesse seguido algum curso reconhecido que lhe abrisse as portas do mundo acadêmico. Ainda assim, seu zelo por certos estudos era notável e, dentro de limites excêntricos, seu conhecimento era tão extraordinariamente amplo e minucioso que suas observações me causavam grande espanto. Certamente, nenhum homem trabalharia tanto ou adquiriria informações tão precisas se não tivesse um objetivo bem definido. Leitores inconstantes raramente se fazem notar pela exatidão de seus conhecimentos. Ninguém sobrecarrega a mente com detalhes, a não ser que tenha alguma razão muito especial para fazê-lo.

Sua ignorância, no entanto, era tão notável quanto sua cultura. Parecia não saber quase nada sobre literatura contemporânea, filosofia e política. Quando me ouviu citar Thomas Carlyle, perguntou, com a maior ingenuidade, quem era ele e o que tinha feito. Minha surpresa atingiu o auge, contudo, quando constatei, por acaso, que ele ignorava a teoria de Copérnico e a composição do sistema solar. Eu não podia acreditar que uma pessoa civilizada, em pleno século XIX, desconhecesse que a Terra girava em torno do Sol.

– Você parece atônito – disse ele, sorrindo diante de minha expressão de surpresa. – Pois bem, agora que sei disso, farei o possível para esquecê-lo.

– Esquecê-lo!

– Veja – explicou ele –, eu considero o cérebro humano originalmente um sótão vazio e você deve mobiliá-lo segundo sua escolha. Um tolo o entulha com toda sujeira que vai encontrando, de modo que os conhecimentos que têm alguma utilidade para ele ficam soterrados ou, na melhor das hipóteses, tão misturados com tantas outras coisas que ele tem dificuldade de encontrá-los quando precisa. Já um trabalhador habilidoso tem extremo cuidado com o que leva para seu sótão. Não haverá de ter nada além dos instrumentos que possam ajudá-lo a fazer seu trabalho; mas destes possui uma grande quantidade e todos na mais perfeita ordem. É um erro pensar que esse pequeno quarto tenha paredes elásticas e que possa se distender em todas as direções. Com toda a certeza, há um momento em que, para toda adição de conhecimento, você esquece algo que sabia antes. Portanto, é da maior importância não ter fatos inúteis empurrando para fora os úteis.

– Mas o sistema solar! – protestei.

– Que me importa isso? – interrompeu ele, com impaciência. – Você diz que giramos em torno do Sol. Se girássemos em torno da Lua, isso não faria a mínima diferença para mim ou para meu trabalho.

Estive a ponto de lhe perguntar qual era esse trabalho, mas sua maneira de agir indicava que a pergunta não seria bem-vinda. Ponderei, no entanto, sobre nossa breve conversa e me esforcei para tirar minhas deduções. Ele disse que não iria adquirir conhecimentos que não se relacionassem com seu objetivo. Por isso todos os conhecimentos que possuía eram necessariamente úteis para ele. Enumerei mentalmente os diversos pontos sobre os quais ele havia me mostrado que estava excepcionalmente bem informado. Cheguei até mesmo a anotá-los. Não pude deixar de sorrir ao contemplar o documento. Constava do seguinte:

SHERLOCK HOLMES... seus conhecimentos:

1. Literatura: zero.
2. Filosofia: zero.
3. Astronomia: zero.
4. Política: fraco.
5. Botânica: variáveis; conhece muito bem a beladona, o ópio e os venenos em geral; não sabe nada sobre jardinagem e afins.
6. Geologia: práticos, mas limitados; reconhece à primeira vista os diversos tipos de solo; depois de suas caminhadas, me mostra manchas nas calças e me diz, pela cor e consistência delas, em que parte de Londres as recebeu.
7. Química: profundos.
8. Anatomia: acurados, mas pouco sistemáticos.
9. Literatura sensacionalista: imensos; parece conhecer todos os pormenores de cada um dos horrores praticados neste século.
10. Toca bem violino.
11. É hábil jogador de bastão, boxeador, esgrimista.
12. Tem bom conhecimento prático das leis britânicas.

Quando cheguei a esse ponto de minha lista, atirei-a ao fogo, desanimado. "Se só posso vislumbrar o que esse camarada pretende através da conciliação dessas qualidades e depois descobrir uma profissão que as exija", disse a mim mesmo, "é melhor desistir de vez disso."

Já me referi anteriormente a seus dotes de violinista. Eram realmente notáveis, mas tão excêntricos quanto suas outras habilidades. Que ele podia tocar peças, e peças difíceis, eu já sabia muito bem, porque, a meu pedido, havia tocado *Lieder*, de Mendelssohn, e outras músicas de minha preferência. De livre e espontânea vontade, no entanto, raramente tocava alguma música ou tentava executar qualquer melodia conhecida. Recostado em sua poltrona, ao cair da tarde, colocava o violino sobre os joelhos, fechava os olhos e tocava descuidadamente. Às vezes os acordes eram sonoros e melancólicos; outras, eram fantásticos e alegres. Refletiam claramente os pensamentos que o invadiam; mas, se a música ajudava esses pensamentos ou se o ato de tocar era simplesmente o resultado de um capricho ou de fantasia, era algo que eu não podia determinar. Poderia ter me revoltado contra aqueles solos exasperados se não fosse o caso de ele geralmente terminá-los tocando, em rápida sucessão, uma série de minhas árias preferidas, como pequena compensação por ter atormentado minha paciência.

Durante a primeira semana, ou algo assim, não recebemos visitas; eu começava a pensar que meu companheiro era um homem sem amigos, como eu. Pouco depois, porém, descobri que ele possuía muitas relações e nas mais diversificadas classes da sociedade. Havia um pequeno sujeito de olhos escuros, pálido, com cara de rato, que me foi apresentado como o senhor Lestrade e que apareceu três ou quatro vezes em uma única semana. Certa manhã, chegou uma jovem, elegantemente vestida, que permaneceu cerca de meia hora ou mais. Em uma mesma tarde trouxe um visitante grisalho, descorado, parecendo um negociante judeu e que, a meu ver, estava muito alvoroçado, que foi imediatamente seguido por uma desalinhada senhora idosa. Em outra ocasião, um cavalheiro de cabelos brancos teve uma entrevista com meu companheiro; em outra, ainda, recebeu um chefe das ferrovias com seu uniforme de belbutina. Sempre que um desses estranhos indivíduos aparecia, Sherlock Holmes costumava me pedir a sala de estar e eu me retirava para o quarto. E sempre me pedia desculpas por esse inconveniente.

– Tenho de usar esta sala como escritório – dizia ele. – Todas essas pessoas são clientes.

Era mais uma oportunidade para lhe fazer uma pergunta direta e, mais uma vez, minha discrição me impedia de forçar alguém a ter confiança em mim. Imaginava, na época, que ele deveria ter uma forte razão para não falar de sua profissão, mas ele logo dissipou essa ideia ao tocar no assunto por livre iniciativa.

No dia 4 de março, e tenho bons motivos para me lembrar, levantei-me um pouco mais cedo que de costume e encontrei Sherlock Holmes ainda tomando seu café da manhã. A criada estava tão acostumada a meus hábitos que meu lugar não estava preparado nem meu café estava pronto. Com a desmedida petulância de um ser humano, toquei a sineta e lhe disse asperamente que eu estava pronto. Depois, apanhei uma revista de cima da mesa e tentei passar o tempo com ela, enquanto meu companheiro mastigava silenciosamente sua torrada. Um dos artigos tinha o cabeçalho sublinhado a lápis e eu, naturalmente, comecei a percorrê-lo com os olhos. O título, um tanto ambicioso, era "O livro da vida". O artigo procurava mostrar o quanto um homem observador podia aprender por meio de um exame acurado e sistemático de tudo que cruzasse seu caminho. Aquilo me dava a impressão de ser uma notável mistura de sagacidade e de absurdo. O raciocínio era preciso e intenso, mas as deduções me pareciam forçadas e exageradas. O autor pretendia, por meio de uma expressão momentânea, como a contração de um músculo ou um revirar de olhos, penetrar nos pensamentos mais íntimos de um homem. De acordo com ele, era impossível para alguém treinado na observação e na análise enganar-se. As conclusões desse autor eram tão infalíveis como as inúmeras proposições de Euclides. E os resultados seriam tão surpreendentes para os leigos que, antes que esses soubessem os processos pelos quais o observador os obtivera, haveriam de considerá-lo um adivinho.

"De uma gota de água", dizia o autor, "um pensador que faz uso da lógica poderia inferir a possibilidade de um Atlântico ou de uma catarata do Niágara, sem ter visto um ou outro e sem ter ouvido falar deles. Assim, toda a vida é uma grande corrente, cuja natureza se revela ao examinarmos um único elo dela. Como todas as outras artes, a ciência da dedução e da análise só pode ser adquirida por meio de um longo e paciente estudo, e a vida não é tão longa que permita a um mortal atingir a mais elevada perfeição possível nesse campo. Antes de passar aos aspectos morais e mentais de um assunto que apresenta as maiores dificuldades, o pesquisador deve começar dominando os problemas mais elementares. Ao encontrar um indivíduo, deve aprender a distinguir, num relance, a história dele e o trabalho ou a profissão que exerce. Por mais pueril que esse exercício possa parecer, aguça as faculdades de observação e ensina para onde olhar e o que procurar. Pelas unhas de um homem, pela manga de seu casaco, por seu calçado, por suas calças na altura dos joelhos, pelas calosidades de seu dedo indicador e de seu polegar, por sua expressão, pelos punhos da camisa... em cada uma dessas coisas a profissão de um homem é claramente revelada. Que todas elas juntas deixem de esclarecer um indagador competente, em qualquer caso, é quase inconcebível."

– Que conversa sem sentido! – exclamei, atirando a revista sobre a mesa. – Nunca li semelhante lixo em minha vida.

– O que foi? – perguntou Sherlock Holmes.

– Ora, esse artigo – respondi, indicando-o com a colher, ao me sentar para o café. – Vejo que já o leu, pois você o sublinhou. Não nego que esteja escrito com inteligência. Mas me irrita. Evidentemente é a teoria de algum desocupado, acomodado em sua poltrona, que elabora todos esses pequenos e hábeis paradoxos na reclusão de seu próprio gabinete. Não é prática. Gostaria de vê-lo encerrado num vagão de terceira classe do metrô e perguntar-lhe quais as profissões de todos os outros passageiros. Apostaria mil por um contra ele.

– Perderia seu dinheiro – observou Sherlock Holmes, calmamente. – Quanto ao artigo, fui eu que o escrevi.

– Você?

– Sim, tenho certa queda tanto para a observação como para a dedução. As teorias que expus nesse artigo e que lhe parecem tão quiméricas, na realidade, são extremamente práticas, tão práticas que dependo delas para meu pão de cada dia.

– E como? – perguntei involuntariamente.

– Bem, eu tenho meu ofício. Suponho que eu seja o único em todo o mundo. Sou um consultor de detetives, se é que compreende o que vem a ser isso. Aqui em Londres temos muitos detetives oficiais e particulares. Quando esses camaradas ficam desorientados, vêm a mim e eu trato de pô-los na pista certa. Eles me expõem todos os indícios e eu geralmente consigo, com a ajuda de meus conhecimentos da história criminal, colocá-los no caminho. Há uma acentuada semelhança entre os delitos e, se você tiver os pormenores de mil deles na ponta de seus dedos, dificilmente não conseguirá desvendar o milésimo primeiro. Lestrade é um detetive muito conhecido. Recentemente ficou sem rumo em um caso de falsificação, e foi isso que o trouxe aqui.

– E essas outras pessoas?

– A maioria é enviada por agências particulares de investigadores. São pessoas que estão com alguma dificuldade e precisam de esclarecimentos. Ouço as histórias que me contam e elas ouvem meus comentários, e depois embolso meus honorários.

– Quer dizer – perguntei – que, sem sair de seu quarto, você pode desatar certos nós que outros homens não conseguem desfazer, embora tenham visto todos os pormenores com os próprios olhos?

– Exatamente. Tenho certa intuição nesse sentido. De vez em quando surge um caso um pouco mais complexo. Então, tenho de andar por aí e ver as coisas com meus próprios olhos. Como pode notar, disponho de uma série de conhecimentos especiais que aplico ao problema e que facilitam maravilhosamente as coisas. Essas regras de dedução expostas no artigo que provocou seu desprezo são preciosas para mim, no trabalho prático. A observação é uma segunda natureza em mim. Você pareceu surpreso quando lhe disse, ao vê-lo pela primeira vez, que acabava de voltar do Afeganistão.

– Foi informado, sem dúvida.

– Nada disso. Logo percebi que vinha do Afeganistão. Por causa de um longo hábito, a associação de ideias fluiu tão prontamente em meu espírito que cheguei à conclusão sem estar ciente dos passos intermediários. Havia, no entanto, esses passos. A concatenação do raciocínio seguiu dessa forma: "Aqui está um cavalheiro com aparência de médico, mas ao mesmo tempo com ares de militar. Claramente um médico do Exército. Acaba de chegar dos trópicos, porque tem o rosto moreno, e essa não é a cor natural de sua pele, uma vez que seus pulsos são brancos. Sofreu privações e doenças, como mostra claramente seu rosto encovado. Seu braço esquerdo foi ferido. Ele o mantém numa posição rígida e pouco natural. Em que lugar dos trópicos um médico do Exército inglês poderia ter passado tantas privações e ser ferido no braço? Certamente no Afeganistão." Toda essa concatenação de ideias não durou mais que um segundo. E então observei que vinha do Afeganistão e você ficou atônito.

– Não deixa de ser bastante simples, ao ser assim explicada – disse eu sorrindo. – Você me lembra Dupin, de Edgar Allan Poe. Não fazia ideia de que tais indivíduos existissem realmente fora dos contos.

Sherlock Holmes se levantou e acendeu o cachimbo.

– Sem dúvida, você acha que me faz um elogio ao me comparar a

Dupin – observou ele. – Ora, em minha opinião, Dupin era um sujeito medíocre. Aquele artifício dele de penetrar nos pensamentos do amigo com uma observação pertinente, depois de um quarto de hora de silêncio, é realmente muito pomposo e superficial. Não resta dúvida de que tinha certa genialidade analítica, mas ele não era, de forma alguma, esse fenômeno que Poe parecia imaginar.

– Já leu as obras de Gaboriau? – perguntei. – Lecoq corresponde à sua ideia de bom detetive?

Sherlock Holmes fungou sarcasticamente.

– Lecoq era um inominável enganador – disse ele com voz zangada. – Uma única coisa o recomendava e era a energia que demonstrava. Esse livro me deixou totalmente decepcionado. O problema se resumia em como identificar um prisioneiro desconhecido. Eu o teria feito em 24 horas. Lecoq levou seis meses ou mais ou menos isso. Tal livro poderia ser indicado como manual para ensinar aos detetives o que devem evitar.

Fiquei um tanto indignado ao ver dois personagens que eu admirava serem tratados de modo arrogante. Caminhei até a janela e fiquei olhando para o movimento da rua. "Esse camarada pode ser muito inteligente", pensava comigo mesmo, "mas certamente é muito convencido".

– Não há crimes nem criminosos em nossos dias – disse ele, em tom queixoso. – De que serve ter inteligência em nossa profissão? Sei muito bem que a tenho para tornar meu nome famoso. Não há nem houve até o momento alguém que tenha devotado tanto estudo e tanto talento pessoal à investigação de crimes como eu. E qual é o resultado? Não existe nenhum crime a desvendar ou, quando muito, só alguma vilania grosseira com um motivo tão transparente que até mesmo um funcionário da Scotland Yard pode enxergá-lo.

Já estava mais que aborrecido com seu modo arrogante de falar. Achei melhor mudar de assunto.

– Pergunto-me o que deverá estar procurando aquele sujeito – indaguei apontando para um indivíduo robusto, modestamente vestido, que caminhava devagar do outro lado da rua, olhando ansiosamente para os números das casas. Tinha um grande envelope azul nas mãos e era evidentemente o portador de uma mensagem.

– Refere-se àquele sargento aposentado da Marinha? – perguntou Sherlock Holmes.

"Belo fanfarrão!", pensei comigo mesmo. "Ele sabe que não poderei confirmar suas conjeturas."

Mal o pensamento havia me passado pela mente quando o homem que estávamos observando, vendo o número em nossa porta, atravessou rapidamente a rua. Ouvimos uma forte batida, uma voz grave vinda lá de baixo e passos firmes subindo a escada.

– Para o senhor Sherlock Holmes – disse ele ao entrar na sala e entregar a carta a meu amigo.

Era uma ótima oportunidade para desmascarar a presunção dele. Certamente ele não havia pensado nisso ao fazer aquela observação ao acaso.

– Posso perguntar-lhe, meu rapaz – disse eu, com a voz mais branda possível –, qual seria sua profissão?

– Estafeta, senhor – respondeu ele, rudemente. – Uniforme em conserto.

– E antes, o que fazia? – perguntei, lançando um leve olhar malicioso para meu companheiro.

– Era sargento, senhor; sargento de infantaria da Marinha Real. Não tem resposta, senhor Holmes? Muito bem, senhor.

Bateu os calcanhares, ergueu a mão em continência e foi embora.

Capítulo III
O mistério de Lauriston Gardens

Confesso que fiquei realmente estupefato com essa nova prova da utilidade prática das teorias de meu companheiro. Meu respeito por sua capacidade de análise aumentou extraordinariamente. Mas ainda restava em minha mente alguma suspeita oculta de que a coisa toda não passava de um episódio previamente arranjado para me deslumbrar, embora eu não pudesse compreender qual teria sido o objetivo dele ao me envolver nisso. Quando olhei para ele, tinha terminado a leitura da mensagem, e seus olhos tinham assumido uma expressão vaga e embaçada, indicativa de abstração mental.

– De que maneira pôde deduzir isso? – perguntei.

– Deduzir o quê? – disse ele, em tom petulante.

– Ora, que ele era um sargento aposentado da Marinha.

– Não tenho tempo para futilidades – respondeu ele, bruscamente; depois, com um sorriso, continuou: – Desculpe a rudeza. Você interrompeu o fio de meus pensamentos, mas talvez tenha sido melhor assim. Então, não conseguiu realmente perceber que aquele homem era um sargento da Marinha?

– Na verdade, não.

– Foi mais fácil percebê-lo do que explicar por que motivo eu o sabia. Se lhe pedissem para provar que dois mais dois são quatro, talvez encontrasse alguma dificuldade e, no entanto, está inteiramente certo do fato. Mesmo quando ele estava do outro lado da rua pude ver uma grande âncora azul tatuada nas costas da mão do sujeito. Isso remete a mar. Além disso, ele tinha um porte militar e um corte típico das suíças. Pertencia, portanto, à Marinha. Era um homem que se dava importância e revelava certo ar de comando. Deve ter observado a forma como ele mantinha a cabeça e o jeito de balançar a bengala. Um homem de meia-idade, decidido, respeitável, aspecto... fatos esses que me levaram a crer que tivesse sido sargento.

– Sensacional! – exclamei.

– Banal – disse Holmes, embora eu achasse, pela expressão dele, que tinha ficado satisfeito diante de minha evidente surpresa e admiração. – Há pouco lhe dizia que não havia mais crimes. Parece que estou enganado. Veja isso!

E me entregou a mensagem que o estafeta havia trazido.

– Oh, não! – exclamei, ao fixar os olhos no papel. – Isso é terrível!

– Parece um pouco fora do comum – observou ele, calmamente.
– Se importaria de ler isso em voz alta para mim?

Essa é a carta que passei a ler para ele:

> *"Meu caro senhor Holmes,*
> *Houve um fato grave durante a noite no número 3 de Lauriston Gardens, nas proximidades da Brixton Road. Nosso vigia noturno viu ali uma luz, em torno das 2 da madrugada, e, como a casa estava vazia, suspeitou que houvesse algo de errado. Encontrou a porta aberta e, na sala da frente, que não tem mobília alguma, se deparou com o cadáver de um cavalheiro bem vestido e com cartões de visi-*

ta num dos bolsos, trazendo o nome de 'Enoch J. Drebber, Cleveland, Ohio, EUA'. Não houve roubo nem qualquer indício da maneira como o homem encontrou a morte. Tem sinais de sangue na sala, mas nenhum ferimento no corpo. Estamos aqui sem entender como foi parar nessa casa vazia; na verdade, todo o caso é um enigma. Se o senhor puder ir até essa casa a qualquer hora antes das 12, vai me encontrar por lá. Deixei tudo intocado, esperando por seu exame do local. Se não puder vir, vou lhe enviar detalhes e ficaria imensamente grato se fizesse a bondade de me transmitir sua opinião. Cordialmente,
Tobias Gregson."

– Gregson é o indivíduo mais inteligente da Scotland Yard – observou meu amigo. – Ele e Lestrade são os únicos que se salvam no meio de uma multidão de inúteis. São rápidos e enérgicos, mas com métodos convencionais, terrivelmente convencionais. Mas há uma grande rivalidade entre eles. São tão ciumentos quanto duas beldades profissionais. Será bastante divertido se ambos forem designados para o caso.

Eu estava surpreso pela calma com que ele encarava o fato.

– Certamente não há tempo a perder! – exclamei. – Devo chamar uma carruagem?

– Não estou certo se irei. Sou o mais incurável preguiçoso que já existiu na face da Terra. Isto é, quando não estou disposto, porque, às vezes, posso ser muito ativo.

– Ora, é justamente a oportunidade que você estava esperando!

– Meu caro amigo, que importância tem isso para mim? Supondo que eu consiga desvendar tudo, pode estar certo de que Gregson, Lestrade e companhia vão levar todo o crédito. É o que acontece quando não se é um personagem oficial.

– Mas ele pede sua ajuda.

– Sim, porque sabe que eu sou superior e ele reconhece isso; só que ele cortaria a língua antes de confessá-lo a uma terceira pessoa. Mas podemos ir mesmo assim e dar uma olhada. Vou resolver o caso à minha maneira. E, no final das contas, posso rir deles. Vamos!

Vestiu às pressas o sobretudo e andava irrequieto pela sala, mostrando que uma enérgica disposição havia superado a apatia.

– Apanhe seu chapéu – disse ele.

– Deseja que eu vá também?

– Sim, se não tem nada melhor a fazer.

Um minuto depois estávamos numa carruagem, rumando a toda velocidade para a Brixton Road.

Era uma manhã nevoenta e nublada, e um véu de cor escura pairava sobre os telhados das casas, parecendo o reflexo da cor lamacenta das ruas abaixo. Meu companheiro mostrava a melhor das disposições e conversava sem parar sobre violinos de Cremona, explicando a diferença entre um Stradivarius e um Amati. Quanto a mim, estava em total silêncio, pois o mau tempo e o assunto melancólico que nos esperava deprimiam meu espírito.

– Parece que não dá muita importância ao caso que temos em mãos – disse eu, finalmente, interrompendo a dissertação musical de Holmes.

– Ainda não há dados – replicou ele. – É um erro capital teorizar antes de conhecer todos os indícios. Isso distorce o julgamento.

– Logo vai ter os dados – observei, apontando com o indicador. – Esta é a Brixton Road e aquela é a casa, se não estou muito enganado.

– É isso mesmo. Pare, cocheiro, pare!

Estávamos ainda a uma centena de passos ou mais de distância, mas ele insistiu em descer ali mesmo e fizemos o resto do caminho a pé.

A casa número 3 de Lauriston Gardens tinha um aspecto agourento e ameaçador.

Era uma das quatro casas que ficavam um pouco recuadas da estrada, duas delas estavam ocupadas e duas, vazias. Estas tinham na frente duas fileiras de abandonadas e melancólicas janelas, embaçadas e sombrias, salvo uma aqui e acolá em que um cartaz com "Aluga-se" dava o efeito de uma catarata por sobre as vidraças opacas. Um pequeno jardim, salpicado por uma erupção dispersa de plantas mirradas, separava cada uma dessas casas da rua e era atravessado por um caminho estreito, de cor amarelada, que parecia uma mistura de argila e saibro. Todo o terreno estava muito molhado em decorrência da chuva que havia caído durante a noite. O jardim era fechado por um pequeno muro de tijolos de aproximadamente 1 metro de altura, encimado por uma grade de madeira; apoiado a esse muro estava um robusto policial, rodeado por um pequeno grupo de desocupados, que espichava o pescoço e aguçava o olhar na vã esperança de captar algo do que acontecia no interior da casa.

Eu tinha imaginado que, assim que chegasse, Sherlock Holmes entraria apressadamente na casa e mergulharia no estudo do mistério. Nada parecia estar mais longe de sua intenção. Com um ar de indiferença, que, nessas circunstâncias, me parecia beirar a afetação, passou a andar de cá para lá pela calçada, olhando vagamente o chão, o céu, as casas vizinhas e a linha das grades de madeira. Terminado o exame minucioso, avançou devagar pela trilha do jardim, ou melhor, pela faixa de grama que a flanqueava, conservando os olhos no chão. Duas vezes ele parou e uma vez o vi sorrir e o ouvi proferir uma exclamação de satisfação. Havia muitas pegadas no solo molhado e argiloso, mas como a polícia tinha ido e vindo por ali eu não via de que maneira meu companheiro poderia esperar deduzir qualquer coisa desse local. Apesar disso, eu tivera tão extraordinária evidência da rapidez de suas faculdades perceptivas, que não tinha dúvidas de que ele pudesse ver muitas coisas que eu não conseguia perceber.

À porta da casa, fomos recebidos por um homem alto, de pele bem branca e de cabelo loiro, com um caderno de anotações na mão; ele caminhou em nossa direção, apertando efusivamente a mão de meu companheiro.

– É muita bondade sua ter vindo – disse ele. – Deixei tudo intacto.

– Exceto isso! – retrucou meu amigo, apontando para a trilha do jardim. – Se uma manada de búfalos tivesse passado por aqui, não teria ficado em pior estado. Mas, sem dúvida, Gregson, você já tinha tirado suas conclusões, antes de permitir isso.

– Tive tanta coisa para fazer dentro da casa – disse o detetive, evasivamente. – Meu colega, o senhor Lestrade, também está aqui. Confiei nele para cuidar disso.

Holmes olhou de relance para mim e ergueu ironicamente as sobrancelhas.

– Com homens como você e Lestrade no local, não haverá muito o que descobrir para um terceiro – disse ele.

Gregson esfregou as mãos com ar satisfeito.

– Acho que fizemos tudo o que podia ser feito – replicou ele. – Mas é um caso estranho e sei de seu gosto por essas coisas.

– Você veio de carruagem? – perguntou Sherlock Holmes.

– Não, senhor.

– Nem Lestrade?

– Não, senhor.

– Então vamos olhar a sala.

E com essa observação inconsequente ele entrou na casa, seguido por Gregson, cujas feições exprimiam espanto.

Um pequeno corredor, de soalho nu e empoeirado, levava à cozinha e aos cômodos de serviço. Havia duas portas, uma para a direita e outra para a esquerda. Uma delas estava obviamente fechada havia muitas semanas. A outra dava para a sala de jantar, onde havia ocorrido o misterioso fato. Holmes entrou e eu o segui com aquele sentimento de respeito que a presença da morte sempre inspira.

Era uma ampla sala retangular, que parecia bem maior dada a ausência de mobília. Um vistoso papel vulgar adornava as paredes, mas estava manchado de bolor em diversos lugares e, aqui e acolá, longas tiras tinham se descolado e pendiam, deixando à mostra o reboco amarelado. Do outro lado da porta havia uma pomposa lareira, cuja cobertura imitava mármore branco. Em um dos cantos, estava fixado um toco de vela de cera vermelha. A única janela estava tão suja que a luz era escassa e incerta, conferindo a tudo um tom cinza-escuro, intensificado pela espessa camada de poeira que cobria todo o aposento.

Todos esses detalhes eu observei mais tarde. Inicialmente, minha atenção estava concentrada na figura inerte e rígida que jazia estendida no chão, com os olhos vazios e sem vida fitando o teto descolorido. Era um homem de aproximadamente 43 ou 44 anos, de estatura mediana, ombros largos, cabelos pretos e crespos e barba curta e rala. Vestia um espesso e amplo fraque e colete, calças claras e colarinho e punhos brancos e sem manchas. Um chapéu alto, bem escovado e limpo, estava no chão ao lado do corpo. Suas mãos estavam cerradas e seus braços abertos, as pernas estavam contorcidas, indicando grande agonia. No rosto rígido havia uma expressão de horror e, ao que me parecia, de ódio, como jamais vi em um rosto humano. Essa maligna e terrível contração, aliada à testa baixa, ao nariz chato e ao queixo saliente, dava ao morto uma aparência singularmente simiesca, que era acentuada ainda mais por sua postura contorcida e não natural. Já vi a morte sob muitas formas, mas nunca me apareceu tão medonha como naquele aposento escuro e sujo, que dava para uma das principais artérias suburbanas de Londres.

Lestrade, magro e com ar investigador como sempre, estava ao lado da porta e cumprimentou meu companheiro e a mim.

– Esse caso vai dar o que falar, senhor – observou ele.

– Bate tudo o que já vi, e eu não nasci ontem.

– Não há nenhum indício? – perguntou Gregson.

– Absolutamente nenhum – interrompeu Lestrade.

Sherlock Holmes se aproximou do cadáver e, ajoelhando-se, examinou-o atentamente.

– Estão certos de que não há nenhum ferimento? – perguntou ele, apontando para numerosas gotas e salpicos de sangue que havia em volta.

– Totalmente certos! – exclamaram os dois detetives.

– Então, é claro, esse sangue pertence a um segundo indivíduo, provavelmente ao assassino, se é que foi assassinato. Isso me relembra as circunstâncias envolvendo a morte de Van Jansen, em Utrecht, no ano de 1834. Lembra-se do caso, Gregson?

– Não, senhor.

– Leia-o. Realmente deveria. Não há nada de novo debaixo do sol. Tudo já foi feito antes.

Enquanto falava, seus dedos ágeis iam pairando aqui, ali e por toda parte, tateando, pressionando, desabotoando, examinando, ao mesmo tempo que seus olhos mostravam aquela mesma expressão distante que já mencionei. O exame foi realizado com tamanha rapidez que dificilmente alguém poderia ter adivinhado as minúcias com que foi conduzido. Finalmente, cheirou os lábios do morto e depois olhou para as solas do calçado de couro envernizado.

– Não andaram mexendo nele? – perguntou ele.

– Não mais que o necessário para efeitos do exame.

– Então podem levá-lo para o necrotério – disse ele. – Não há mais nada a verificar.

Gregson tinha uma maca e quatro homens à disposição. Ao chamá-los, eles entraram na sala e levaram o corpo do desconhecido. Quando o levantaram, um anel caiu no chão e rolou pelo assoalho. Lestrade o apanhou rapidamente e o fitou com olhos arregalados.

– Uma mulher esteve por aqui! – exclamou ele. – É uma aliança de casamento de mulher!

Enquanto falava, mostrava-a na palma da mão. Reunimo-nos ao redor dele e ficamos olhando para o anel. Não havia dúvida de que esse simples anel de ouro já tinha adornado o dedo de uma noiva.

– Isso complica o assunto – disse Gregson. – Só Deus sabe quão complicado já era.

– Está certo de que não o simplifica? – observou Holmes. – De nada adianta ficarmos aqui a contemplá-lo. O que encontraram nos bolsos?

– Temos tudo aqui – disse Gregson, apontando para uma porção de objetos deixados nos últimos degraus da escada. – Um relógio de ouro, número 97163, da Casa Barraud, de Londres. Uma corrente de ouro maciço e muito pesada. Um anel de ouro com o símbolo maçônico. Um pregador de ouro em forma de cabeça de buldogue com olhos de rubi. Uma caixinha de couro da Rússia com cartões de visita de Enoch J. Drebber, de Cleveland, correspondendo às iniciais E. J. D. encontradas na roupa branca. Nenhuma carteira, mas dinheiro espalhado pelos bolsos, num total de 7 libras e 13 xelins. Uma edição de bolso do *Decamerone*, de Boccaccio, com o nome de Joseph Stangerson no frontispício. Duas cartas: uma dirigida a E. J. Drebber e outra a Joseph Stangerson.

– Para que endereço?

– American Exchange, Strand, para ser entregues quando procuradas pelos destinatários. Ambas provêm da Companhia de Navegação Guion e se referem à partida de seus navios de Liverpool. É claro que esse infeliz estava prestes a retornar para Nova York.

– Fez algumas indagações sobre esse tal de Stangerson?

— Imediatamente, senhor – respondeu Gregson. – Mandei pôr anúncios em todos os jornais, e um de meus homens foi até a American Exchange, mas ainda não voltou.

— Pediu informações a Cleveland?

— Telegrafamos esta manhã.

— Em que termos fez isso?

— Detalhamos simplesmente as circunstâncias, dizendo que ficaríamos agradecidos com qualquer informação que pudesse nos ajudar.

— Não pediu pormenores sobre algum ponto que lhe parecesse crucial?

— Pedi informações sobre Stangerson.

— Nada mais? Não há nenhuma circunstância sobre a qual esse caso lhe pareça repousar? Não vai telegrafar novamente?

— Já disse tudo o que tinha a dizer – disse Gregson, em tom ofendido.

Sherlock Holmes sorriu para si mesmo e parecia prestes a fazer alguma observação quando Lestrade, que havia ficado na sala da frente enquanto nós mantínhamos essa conversa no hall, reapareceu em cena, esfregando as mãos de modo pomposo e satisfeito.

— Senhor Gregson – disse ele –, acabo de fazer uma descoberta da maior importância e que poderia ter passado despercebida, se eu não tivesse feito um cuidadoso exame das paredes.

Os olhos do homenzinho cintilavam enquanto falava e estava evidentemente num estado de total exultação por ter marcado um ponto contra seu colega.

— Venham até aqui – disse ele, voltando apressadamente para a sala, cuja atmosfera parecia mais clara depois da remoção de seu assombroso inquilino. – Agora, fiquem ali.

Riscou um fósforo na sola do sapato e o ergueu contra a parede.

— Vejam isso! – disse ele, triunfante.

Já observei que o papel de parede havia caído em certos lugares. Naquele canto da sala faltava um grande pedaço, deixando um retângulo amarelo de áspero reboco à vista. Nesse espaço desnudado havia, rabiscada com sangue, uma única palavra...
RACHE.

– Que pensam disso? – exclamou o detetive, com ar de animador de plateia. – Isso passou despercebido porque estava no canto mais escuro da sala e ninguém pensou em olhar para lá. O assassino, ou a assassina, escreveu essa palavra com o próprio sangue. Vejam essa mancha que escorreu pela parede! Seja como for, isso anula a hipótese de suicídio. E por que foi escolhido esse canto para escrevê-la? Vou lhes dizer. Vejam essa vela sobre a lareira. Estava acesa naquele momento e, se estava acesa, esse canto seria a parte mais iluminada e não a mais escura da parede.

– E o que significa essa escrita, agora que a encontrou? – perguntou Gregson, em tom depreciativo.

– O que significa? Ora, quer dizer que alguém ia escrever o nome feminino Rachel, mas foi interrompido antes de terminar. Guardem minhas palavras; quando esse caso for esclarecido, vão constatar que uma mulher chamada Rachel tem a ver com ele. Pode rir como quiser, senhor Sherlock Holmes. Pode ser muito astuto e inteligente, mas o velho cão de caça, no final de tudo, é o melhor.

– Peço-lhe perdão! – disse meu companheiro, que havia irritado o homenzinho com sua explosão de riso. – Certamente, tem o mérito de ter sido o primeiro a descobrir essa inscrição e, como diz, tem toda a aparência de ter sido escrita pelo outro participante desse mistério da noite passada. Não tive tempo ainda de examinar essa sala, mas, com sua permissão, vou fazê-lo agora.

Ao dizer isso, tirou do bolso uma fita métrica e uma grossa lente de aumento. Com esses dois instrumentos, começou a andar silenciosamente pela sala, parando às vezes, ajoelhando-se de vez em quando e, uma vez, estirando-se de comprido no piso. Tão envolvido estava em sua ocupação que parecia ter esquecido nossa presença, pois falava o tempo todo sozinho, a meia-voz, proferindo uma enxurrada de exclamações, resmungos, assobios e pequenos gritos, que pareciam de encorajamento e esperança. Ao observá-lo, de modo irresistível fui levado a me lembrar de um cão de caça puro-sangue e bem treinado a correr de cá para lá atrás da presa, ganindo de ansiedade, até reencontrar o rastro perdido. Durante vinte minutos ou mais, ele continuou suas investigações, medindo com o máximo cuidado a distância entre marcas inteiramente invisíveis para mim e, às vezes, estendendo a fita métrica na parede, de maneira igualmente incompreensível. Em determinado ponto, recolheu cuidadosamente do chão um montículo de poeira cinzenta e o colocou num envelope. Por fim, examinou com sua lente a palavra escrita na parede, correndo sobre cada letra com o maior rigor. Feito isso, pareceu estar satisfeito, pois repôs no bolso a fita métrica e a lente.

– Dizem que o gênio não é mais que uma infinita capacidade de se dar ao que fazer – observou ele com um sorriso. – É uma péssima definição, mas que se aplica perfeitamente ao trabalho de detetive.

Gregson e Lestrade haviam observado as manobras de seu colega amador com grande curiosidade e certo desprezo. Evidentemente não conseguiram compreender o fato, que eu começava a perceber, de que os menores atos de Sherlock Holmes estavam todos direcionados para um fim definido e prático.

– O que achou, senhor? – perguntaram os dois.

– Seria roubar-lhes o mérito da solução do caso se eu pretendesse ajudá-los – observou meu amigo. – Estão fazendo tudo tão bem que seria uma pena se alguém interferisse – havia um mundo de sarcasmo em sua voz, ao falar. – Se tiverem a bondade de me informar sobre suas investigações – continuou ele –, terei o maior prazer em lhes prestar toda a ajuda que puder. Nesse meio tempo, gostaria de falar com o policial que encontrou o corpo. Podem me fornecer seu nome e endereço?

Lestrade folheou seu caderno de anotações.

– John Rance – disse ele. – Está de folga hoje. Poderá encontrá-lo no número 46 da Audley Court, em Kennington Park Gate.

Holmes tomou nota do endereço.

– Vamos, doutor – disse ele. – Vamos procurar esse policial. Posso lhes dizer uma coisa que deverá ajudá-los no caso – continuou ele, voltando-se para os dois detetives. – Houve um assassinato aqui e o assassino é um homem. Ele tem mais de 1,80 de altura, é bastante jovem, tem pés pequenos para sua altura, usa sapatos grosseiros de bico quadrado e fuma charuto Trichinopoly. Veio até aqui com a vítima, numa carruagem de quatro rodas puxada por um cavalo com três ferraduras velhas e uma nova, na pata dianteira esquerda. Com toda certeza, o assassino tem o rosto vermelho e as unhas da mão direita notavelmente compridas. São apenas algumas indicações, mas podem lhes ser úteis.

Lestrade e Gregson entreolharam-se com um sorriso incrédulo.

– Se o homem foi assassinado, com o que teria sido? – perguntou o primeiro.

– Veneno – disse Sherlock Holmes, secamente, caminhando a passos largos em direção à porta. – Outra coisa, Lestrade – acrescentou, voltando-se quando já estava à porta: – "Rache" significa "vingança" em alemão; assim, não perca tempo em procurar a senhorita Rachel.

E com essa tirada final se afastou, deixando os dois rivais boquiabertos atrás dele.

b

Capítulo IV
O que John Rance tinha a contar

Era 1 hora da tarde quando deixamos a casa número 3 de Lauriston Gardens. Sherlock Holmes me levou à agência telegráfica mais próxima, de onde expediu um longo telegrama. Chamou, então, uma carruagem e ordenou ao cocheiro que nos conduzisse ao endereço fornecido por Lestrade.

– Não há nada como as evidências de primeira mão – observou ele. – Para dizer a verdade, minha opinião sobre o caso já está inteiramente formada, mas ainda assim devemos colher todas as informações possíveis.

– Você me deixa surpreso, Holmes – disse eu. – Certamente, não deve estar tão seguro como pretende mostrar a respeito de todos aqueles pormenores que acaba de descrever.

– Não há espaço para erro – retrucou ele. – A primeira coisa que observei ao chegar lá foi que uma carruagem tinha feito dois sulcos com as rodas, perto do meio-fio. Ora, até ontem à noite, não tínhamos tido chuva por uma semana, de maneira que essas rodas que deixaram sulcos tão fundos devem ter passado durante a noite. Havia também marcas dos cascos do cavalo, uma das quais era muito mais nítida do que as outras três, revelando que essa era a de uma ferradura nova. Visto que a carruagem esteve ali depois de ter começado a chover, e não pela manhã, conforme o testemunho de Gregson, conclui-se que deve ter estado no local durante a noite e que, portanto, trouxe os dois indivíduos até a casa.

– Isso parece bastante simples – observei. – Mas quanto à altura do outro homem?

– Ora, a altura de um homem, em nove casos sobre dez, pode ser deduzida pelo tamanho de seus passos. É um cálculo bastante simples, mas é inútil que o aborreça com cifras. Eu tinha os passos desse sujeito tanto no barro fora da casa como na poeira dentro da sala. Então, tive a possibilidade de fazer meus cálculos. Quando um homem escreve numa parede, o instinto o leva a escrever ao nível dos próprios olhos. Ora, aquela inscrição estava logo acima de 1,80 metro do chão. Uma brincadeira de criança.

– E a idade dele? – perguntei.

– Bem, se um homem pode dar um passo de aproximadamente 1 metro e meio sem o menor esforço, não pode estar com as articulações enrijecidas. Essa era a largura de uma poça de água no jardim, que ele evidentemente atravessou. O homem dos sapatos de couro envernizado a contornou; o de sapatos de bico quadrado a saltou. Não há nenhum mistério nisso. Estou simplesmente aplicando à vida normal alguns daqueles preceitos de observação e dedução que advoguei naquele artigo. Há mais alguma coisa que o confunda?

– As unhas e o charuto Trichinopoly – sugeri.

– A escrita na parede foi feita pelo dedo indicador masculino, molhado em sangue. A lente me permitiu observar que o reboco estava levemente arranhado, o que não teria acontecido se as unhas do homem tivessem sido aparadas. Recolhi um pouco de cinza espalhada pelo chão. Era escura e escamosa, como é a cinza produzida por um Trichinopoly. Fiz um estudo especial sobre cinzas de charutos, e escrevi uma monografia sobre o assunto.

Vanglorio-me do fato de distinguir, à primeira vista, a cinza de qualquer marca conhecida, tanto de charuto como de tabaco. É precisamente nesses pormenores que um detetive especializado se diferencia de tipos como o Gregson e o Lestrade.

– E o rosto vermelho? – perguntei.

– Ah! Esse foi um golpe mais que temerário, embora eu não tenha dúvidas de que esteja certo. Não deve me perguntar sobre isso na atual fase da investigação.

Passei a mão na testa.

– Minha cabeça está rodando – observei. – Quanto mais penso no caso, mais misterioso se torna. Como é que esses dois homens, se é que havia dois homens, entraram numa casa vazia? Que foi feito do cocheiro que os levou? Como um homem poderia obrigar outro a tomar veneno? De onde veio aquele sangue? Qual era o objetivo do assassino, visto que não houve roubo? Como aquela aliança de mulher foi parar lá? E, acima de tudo, por que teria o segundo homem escrito a palavra alemã "Rache" antes de fugir? Confesso que não posso vislumbrar nenhum meio de conciliar todos esses fatos.

Meu companheiro esboçou um sorriso de aprovação.

– Você acaba de resumir, sucintamente e muito bem, as dificuldades da situação – disse ele. – Mas ainda há muita coisa obscura, embora eu já tenha uma opinião definida sobre os principais fatos. Quanto à descoberta do pobre Lestrade, trata-se simplesmente de um disfarce para levar a polícia a uma pista falsa, sugerindo ser obra de socialistas ou de sociedades secretas. O "A", se conseguiu notar, foi traçado um tanto à moda da grafia gótica. Ora, um verdadeiro alemão escreve invariavelmente em caracteres latinos, de modo que podemos seguramente dizer que a palavra não foi escrita por um alemão, mas por um desajeitado imitador que exagerou em seu papel. Foi simplesmente uma astúcia para desviar a investigação para outra direção. E não vou lhe dizer muito mais sobre o caso, doutor. Sabe que um mágico perde o crédito quando explica seus truques, e, se eu lhe mostrar demais sobre meu método de trabalho, você chegará à conclusão de que, afinal de contas, sou um indivíduo comum como outro qualquer.

– Nunca vou fazer isso – retruquei. – Você conseguiu elevar a investigação ao nível de ciência exata, como nunca mais vai ser feito neste mundo.

Meu companheiro corou de satisfação diante de minhas palavras e do modo convicto com que as pronunciei. Já havia observado que ele era tão sensível aos elogios à sua arte quanto uma menina o é diante dos elogios à sua beleza.

– Vou lhe contar outra coisa – disse ele. – O homem dos sapatos envernizados e o dos sapatos de bico quadrado vieram na mesma carruagem e caminharam juntos pela trilha do jardim da maneira mais amistosa possível, e provavelmente de braços dados. Quando entraram na sala, começaram a andar de cá para lá, ou, melhor, o de sapatos envernizados ficou parado, enquanto o de sapatos de bico quadrado passou a andar de um lado para outro. Pude ler tudo isso na poeira do assoalho, e pude ler também que, enquanto andava, ia ficando sempre mais irritado. Isso é demonstrado pela largura crescente dos passos. Ele falava o tempo todo e, sem dúvida, ia ficando sempre mais furioso. Foi então que ocorreu a tragédia. Acabo de lhe contar tudo o que sei, pois o resto não passa de mera suposição e conjetura. Temos, no entanto, um bom trabalho de base para começar. Devemos nos apressar, porque esta tarde quero ir ao concerto de Norman Neruda, no Hallé.

Essa conversa transcorreu enquanto nossa carruagem passava com dificuldade por uma longa sucessão de ruas sujas e vielas sombrias. Na mais suja e sombria de todas, nosso cocheiro subitamente parou.

— Ali está Audley Court — disse ele, apontando para um beco estreito entre paredes de tijolos escuros. — Vão me encontrar aqui quando voltarem.

Audley Court não era um lugar atraente. A estreita passagem nos levou a um espaço quadrangular, calçado de lajes e delimitado por sórdidas moradias. Fomos abrindo caminho por entre grupos de crianças sujas e roupas desbotadas penduradas, até chegarmos ao número 46, cuja porta ostentava uma pequena placa de latão com o nome Rance gravado. Ao perguntarmos por ele, disseram-nos que o guarda estava na cama e nos convidaram a entrar em uma pequena sala da frente, onde ficamos à espera dele.

Pouco depois ele apareceu, parecendo um tanto irritado por terem perturbado seus cochilos.

— Já fiz meu relatório no posto — disse ele.

Holmes tirou uma moeda de ouro do bolso e brincava com ela pensativamente.

— Achamos que era melhor ouvir a história toda de seus próprios lábios — disse ele.

— Terei o maior prazer em lhes contar tudo o que puder — respondeu o policial, com os olhos fixos no pequeno disco de ouro.

— Conte-nos tudo o que aconteceu à sua maneira.

Rance sentou-se no sofá de crina e franziu as sobrancelhas como se estivesse determinado a não omitir nada em sua narrativa.

— Vou contar tudo desde o início — disse ele. — Minha ronda é das 10 da noite às 6 da manhã. Às 11 horas houve uma briga no White Hart, mas fora isso tudo estava calmo em minha área. À 1 hora começou a chover e eu me encontrei com Harry Murcher, o colega que cobre a área de Holland Grove, e ficamos conversando na esquina da Henrietta Street. Mais tarde, talvez por volta das 2 horas ou pouco depois, achei que deveria dar uma olhada pelos arredores e ver se tudo estava bem pela Brixton Road. Estava tudo muito sujo e sem ninguém. Nem uma viva alma encontrei em minha caminhada, embora uma carruagem ou duas tivessem passado por mim. Estava andando devagar, pensando comigo mesmo como me cairia bem um copo de gim quente, quando, subitamente, meus olhos deram com o brilho de uma luz na janela daquela casa. Ora, eu sabia que as duas casas de Lauriston Gardens estavam vazias, porque o proprietário não quer mandar limpar os esgotos, apesar de o último inquilino de uma delas ter morrido de tifo. Por isso fiquei surpreso ao ver uma luz na janela e suspeitei que havia algo errado. Quando cheguei à porta...

– Você parou e depois voltou até o portão do jardim – interrompeu meu companheiro. – Por que fez isso?

Rance deu um pulo violento no sofá e fitou Sherlock Holmes com a maior expressão de espanto.

– É verdade, senhor – disse ele. – Mas como é que pode saber isso, se só Deus sabe? Veja bem, quando cheguei à porta, estava tudo tão calmo e solitário que pensei que não seria ruim ter alguém comigo. Não tenho medo de nada neste lado do mundo, mas achei que talvez fosse ele, o inquilino que havia morrido de tifo, inspecionando os esgotos que o mataram. Essa ideia me deu arrepios e voltei até o portão, esperando avistar a lanterna de Murcher; mas não vi sinal dele nem de qualquer outra pessoa.

– Não havia ninguém na rua?

– Nem uma viva alma, nem um cachorro sequer. Então criei coragem, voltei e abri a porta. Lá dentro tudo estava calmo; assim, fui até a sala, onde havia uma luz acesa. Era uma vela bruxuleando sobre a lareira, uma vela de cera vermelha, e à luz dela vi...

– Sim, sei tudo o que viu. Você andou pela sala várias vezes e se ajoelhou perto do cadáver, e depois caminhou pela casa e tentou abrir a porta da cozinha, e então...

John Rance se levantou de repente com o rosto assustado e revelando desconfiança em seu olhar.

– Onde é que o senhor estava escondido para ver tudo isso? – perguntou ele. – Parece-me que sabe mais do que deveria.

Holmes riu e jogou seu cartão de visita em cima da mesa do policial.

– Não queira me prender pelo assassinato – disse ele. – Sou um dos cães e não a raposa; o senhor Gregson ou o senhor Lestrade vai lhe dar todas as garantias.

– Continue. O que fez em seguida?

Rance tornou a sentar-se, mas sem perder sua expressão alterada.

– Voltei ao portão e toquei o apito, o que trouxe Murcher e mais dois colegas ao local.

– A rua estava deserta nesse momento?

– Bem, estava, pelo menos em relação a alguém que pudesse servir para alguma coisa.

– O que quer dizer com isso?

O rosto do guarda se abriu num largo sorriso.

– Já vi muitos bêbados em minha vida – disse ele –, mas nunca um bêbado chorão como aquele sujeito. Estava ao lado do portão, encostado às grades, quando eu saí, e cantava a plenos pulmões *Newfangled Banner* da peça *Colombina* ou qualquer coisa parecida. Não conseguia ficar em pé, muito menos ajudar.

– Que tipo de homem era? – perguntou Sherlock Holmes.

John Rance pareceu um tanto irritado com essa digressão.

– Era um beberrão e dos piores – respondeu ele. – E teria ido parar no posto policial se não estivéssemos ocupados com coisa mais importante.

– Seu rosto, suas roupas... Não notou nada? – interrompeu Holmes, com impaciência.

– Claro que notei, já que tive até de pô-lo em pé, com a ajuda de Murcher. Era um sujeito alto, de rosto vermelho, com a parte inferior tapada.

— Isso serve! – exclamou Holmes. – O que foi feito dele?

— Tínhamos mais o que fazer do que cuidar dele – replicou o policial num tom de voz ofendido. – Aposto que deve ter encontrado o caminho de casa.

— Como estava vestido?

— Com um sobretudo marrom.

— Tinha um chicote na mão?

— Um chicote... não.

— Deve tê-lo deixado para trás – murmurou meu companheiro. – Não viu ou ouviu uma carruagem depois disso?

— Não.

— Aqui está a moeda de ouro para você – disse meu companheiro, levantando-se e apanhando o chapéu. – Receio, Rance, que nunca vai subir na carreira de policial. Essa sua cabeça deveria ser mais útil que um simples ornamento. Ontem à noite poderia ter conquistado sua insígnia de sargento. O homem que você teve nas mãos é exatamente quem detém a chave desse mistério e que está sendo procurado por nós. Agora é inútil discutir a respeito, mas estou convicto disso. Vamos embora, doutor.

Voltamos para a carruagem, deixando nosso informante incrédulo, mas obviamente desconfortável.

— Que tolo descuidado! – exclamou Holmes, amargamente, enquanto voltávamos para nosso apartamento. – Pensar que teve um incomparável lance de sorte e não soube aproveitá-lo!

— Ainda estou no escuro. É verdade que a descrição desse homem corresponde à sua ideia de um segundo personagem desse mistério. Mas por que voltaria para a casa depois de tê-la deixado? Os criminosos não fazem isso.

— A aliança, homem de Deus, a aliança: foi por isso que ele voltou. Se não tivermos outro meio de apanhá-lo, podemos atraí-lo usando a aliança como isca. Mas vou apanhá-lo, doutor. Aposto dois contra um que o apanho. Devo agradecer-lhe por tudo. Eu não teria ido se não fosse por você, e teria perdido o mais interessante estudo com que já me deparei: um estudo em vermelho, não? Por que não usar um pouco a linguagem artística? Através da meada incolor da vida corre o fio vermelho do crime, e nosso dever consiste em desembaraçá-lo, isolá-lo e expô-lo em toda a sua extensão. E agora vou almoçar; depois vou ao concerto de Norman Neruda. Sua execução e o movimento do arco são esplêndidos. Como é aquela pequena peça de Chopin que ele toca de modo tão magnífico? Trá-lá-lá-lira-lira-lá.

Recostando-se na carruagem, esse detetive amador continuou cantarolando como uma cotovia, enquanto eu meditava sobre as inúmeras facetas da mente humana.

Capítulo V
Nosso anúncio traz um visitante

Nossos esforços pela manhã tinham sido demasiados para minha debilitada saúde e, à tarde, eu estava exausto. Depois da partida de Holmes para o concerto, deitei no sofá e procurei dormir algumas horas. Foi uma tentativa inútil. Minha mente estava excitada demais com tudo o que havia ocorrido, e as mais estranhas fantasias e suposições a povoavam. Cada vez que fechava os olhos, via diante de mim o rosto distorcido e simiesco do homem assassinado. Era tão sinistra a impressão que aquele rosto havia produzido em mim que eu tinha dificuldade em sentir outra coisa senão gratidão por quem havia tirado esse homem deste mundo. Se alguma vez as feições de um homem denunciaram o vício sob seu pior aspecto, foi certamente nas de Enoch J. Drebber, de Cleveland. Ainda assim, reconhecia que a justiça deveria ser feita e que a depravação da vítima não constituía atenuante aos olhos da lei.

Quanto mais eu pensava nisso, mais extraordinária me parecia a hipótese de meu companheiro de que o homem havia sido envenenado. Eu me lembrava de como ele havia lhe cheirado os lábios e não tinha dúvidas de ter detectado alguma coisa que lhe inspirou semelhante ideia. E mais, se não tivesse sido o veneno, que outra coisa poderia ter causado a morte do homem, uma vez que não foram encontrados ferimentos nem sinais de estrangulamento? E, por outro lado, de quem era o sangue que tão profusamente se espalhava pelo chão? Não havia vestígios de luta nem a vítima possuía qualquer arma com a qual tivesse ferido seu oponente. Enquanto todas essas perguntas continuassem sem resposta, sentia que pegar no sono não seria coisa fácil, nem para Holmes nem para mim. Suas maneiras tranquilas e confiantes me convenceram de que ele já tinha elaborado uma teoria que explicava todos os fatos, embora eu, nem por um instante, pudesse conjeturar qual fosse.

Holmes regressou muito tarde. Tão tarde que não fora só o concerto que o reteve por todo esse tempo. O jantar já estava na mesa antes que ele aparecesse.

– Foi magnífico – disse ele, ao tomar assento. – Você se lembra do que diz Darwin a respeito da música? Ele afirma que a capacidade de produzi-la e de apreciá-la existia no gênero humano muito antes da faculdade de falar. Talvez seja por esse motivo que somos tão sutilmente influenciados por ela. Há vagas memórias em nossa alma daqueles séculos nevoentos, quando o mundo estava em sua infância.

– Essa é uma ideia um tanto vasta – observei.

– Nossas ideias devem ser tão vastas quanto a natureza se pretendemos interpretá-la – replicou ele. – O que aconteceu? Você não parece o mesmo. Esse caso da Brixton Road o perturbou?

– Para falar a verdade, sim – respondi. – Deveria estar mais calejado depois de minhas experiências no Afeganistão. Vi meus próprios camaradas serem massacrados na batalha de Maiwand, sem perder o controle.

– Compreendo. Há um mistério nesse caso que estimula a imaginação; onde não há imaginação não há horror. Já viu o jornal da tarde?

— Não.

— Traz uma notícia razoavelmente bem redigida sobre o ocorrido. Não menciona o fato de que, ao erguerem o homem, uma aliança de mulher caiu no chão. Tanto melhor.

— Por quê?

— Veja este anúncio — respondeu ele. — Foi o que mandei publicar em todos os jornais esta manhã, imediatamente depois de tudo o que aconteceu.

Entregou-me o jornal por cima da mesa e corri os olhos pelo lugar indicado. Era o primeiro anúncio da seção "Achados e Perdidos". Constava o seguinte: "Na Brixton Road, esta manhã, foi encontrada uma aliança de ouro no caminho entre White Hart Tavern e Holland Grove. Procurar o dr. Watson, Baker Street, 221-B, entre 8 e 9 horas desta noite".

— Desculpe-me por ter usado seu nome — disse ele. — Se tivesse posto o meu, algum desses policiais imbecis haveria de reconhecê-lo e iria querer se intrometer no assunto.

— Está bem — respondi. — Mas, supondo que apareça alguém, não tenho aliança alguma.

— Oh, sim, vai ter! — disse ele, passando-me uma. — Essa vai servir perfeitamente. É quase uma réplica.

— E quem você espera que responda a esse anúncio?

— Ora, o homem do sobretudo marrom, nosso amigo de rosto vermelho e de sapatos de bico quadrado. Se ele não vier pessoalmente, mandará um cúmplice.

— Será que ele não vai considerar isso perigoso demais?

— De modo algum. Se minha visão do caso for correta, e tenho todas as razões para acreditar que seja, esse homem preferirá correr qualquer risco a perder a aliança. De acordo com o que penso, ele a deixou cair quando se inclinou sobre o corpo de Drebber e não deu pela falta naquele momento. Depois de deixar a casa, descobriu a perda e voltou depressa, mas encontrou o policial já no local, por causa da própria tolice de ter deixado a vela acesa. Teve de fingir-se de bêbado, a fim de evitar as suspeitas que sua presença no portão poderia levantar. Ponha-se agora no lugar desse homem. Ao refletir sobre o assunto, deve ter-lhe ocorrido que havia perdido a aliança na rua, depois de sair da casa. O que haveria de fazer então? Haveria de procurar insistentemente nos jornais da tarde, na esperança de vê-la entre os objetos achados e perdidos. Seus olhos, é claro, brilharam ao ver isso. Deve estar extremamente feliz. Por que deveria temer uma armadilha? Para ele, não haveria motivo algum que pudesse ligar a aliança encontrada ao assassinato. Ele deve vir. Ele vai vir. Vai vê-lo dentro de uma hora.

– E então? – perguntei.

– Oh! Pode deixar que eu vou tratar com ele. Tem alguma arma?

– Tenho meu velho revólver de serviço e alguns cartuchos.

– É melhor limpá-lo e carregá-lo. O homem deve estar desesperado; e, mesmo que eu o pegue de surpresa, convém estar preparado para tudo.

Fui até meu quarto e segui o conselho. Quando voltei com o revólver, a mesa já tinha sido arrumada e Holmes estava entregue à sua ocupação preferida, arranhando as cordas do violino.

– O enredo se completa – disse ele quando entrei. – Acabo de receber uma resposta a meu telegrama para a América. Minha opinião sobre o caso é correta.

– E qual é? – perguntei ansiosamente.

– Meu violino ficaria bem melhor com cordas novas – observou ele. – Ponha o revólver no bolso. Quando o sujeito chegar, fale com ele normalmente. Deixe o resto comigo. Não o assuste com um olhar muito duro.

– Já são 8 horas – disse, olhando para meu relógio.

– Sim. Provavelmente vai estar aqui dentro de poucos minutos.

Deixe a porta entreaberta. Isso mesmo. Agora ponha a chave por dentro. Obrigado! Este é um velho e curioso livro que encontrei ontem numa prateleira – *De jure inter gentes* –, publicado em latim em Liège, nos Países Baixos, em 1642. A cabeça de Carlos I ainda estava no lugar quando este pequeno volume de lombada marrom foi impresso.

– Quem o imprimiu?

– Philippe de Croy, nome que nunca ouvi. No frontispício, em tinta quase apagada, está escrito *Ex libris Gulielmi Whyte*. Pergunto-me quem terá sido esse William Whyte. Algum jurisconsulto do século XVII, suponho. Seu estilo tem uma característica legal. Aí vem nosso homem, acho.

Enquanto ele falava, a campainha bruscamente tocou. Sherlock Holmes se levantou sem ruído e deslocou sua cadeira na direção da porta. Ouvimos a criada passar pelo hall e o estalido seco do trinco quando ela abriu a porta.

– O dr. Watson mora aqui? – perguntou uma voz clara, mas um tanto aguda. Não pudemos ouvir a resposta da criada, mas a porta se fechou e alguém começou a subir a escada. Os passos eram incertos e arrastados. Uma expressão de surpresa se refletiu no rosto de meu companheiro ao escutá-los. Avançavam lentamente pelo corredor e houve uma leve batida na porta.

– Entre – gritei.

A essa ordem, em vez do homem violento que esperávamos, uma velha senhora enrugada entrou mancando no apartamento. Parecia ofuscada pelo súbito fulgor da luz e, depois de fazer uma reverência, ficou piscando para nós com seus olhos turvos e remexendo nos bolsos com dedos nervosos e trêmulos. Olhei para meu companheiro e seu rosto tinha assumido uma expressão tão desconsolada que mal pude manter minha compostura.

A velha tirou um jornal vespertino e apontou para nosso anúncio.

–Foi isso que me trouxe aqui, meus bons cavalheiros – disse ela, fazendo outra reverência. – Uma aliança de casamento na Brixton Road. Pertence à minha filha Sally, que está casada há exatamente um ano; o marido dela é camareiro de um navio da Union e sabe-se lá o que vai dizer ao chegar em casa e descobrir que ela não está mais de posse de sua aliança. Mesmo sóbrio ele não é lá muito delicado, imagine quando bebe. Se quiserem saber, ontem à noite ela foi ao circo com...

– É esta a aliança dela? – perguntei.

– Deus seja louvado! – exclamou a velha senhora. – Sally ficará muito contente. É exatamente essa!

– E qual seria seu endereço? – perguntei tomando um lápis.

– Duncan Street, 13, Houndsditch. A uma considerável distância daqui.

– A Brixton Road fica totalmente fora de qualquer eventual trajeto para ir ao circo e a Houndsditch – disse bruscamente Sherlock Holmes.

A velha senhora se voltou e o encarou vivamente com os pequenos olhos sombreados de vermelho.

– O cavalheiro pediu meu endereço – disse ela. – Sally mora numa pensão na Mayfield Place, 3, em Peckham.

– E seu sobrenome é...?

– Meu sobrenome é Sawyer. O dela é Dennis, depois que se casou com Tom Dennis, um talentoso e decente rapaz quando está no mar a trabalho; e não há melhor camareiro que ele na companhia, mas em terra, quando se envolve com mulheres e bebida...

– Aqui está sua aliança, senhora Sawyer – interrompi, obedecendo a um sinal de meu companheiro. – Sem dúvida, pertence à sua filha, e fico contente em devolvê-la à legítima dona.

Murmurando bênçãos e palavras de gratidão, a velha senhora enfiou-a no bolso e foi se arrastando escada abaixo. Sherlock Holmes pôs-se em pé no momento em que ela se retirou e correu para o quarto. Voltou poucos segundos depois, envolto em seu capote e com um cachecol no pescoço.

– Vou segui-la – disse ele, rapidamente. – Deve ser uma cúmplice e vai me levar até ele. Espere por mim.

A porta do hall mal havia batido com força atrás de nossa visitante quando Holmes já ia descendo as escadas. Olhando pela janela, pude vê-la caminhando com dificuldade no outro lado da rua enquanto seu perseguidor a seguia a pouca distância. "Ou toda a sua teoria está incorreta", pensei comigo mesmo, "ou ele vai ser levado ao âmago do mistério". Ele nem precisava ter me pedido que esperasse, pois seria impossível dormir sem saber o resultado de sua aventura.

Eram quase 9 horas quando ele saiu. Eu não fazia a menor ideia do tempo que levaria para voltar, mas me sentei impassível, fumando meu cachimbo e folheando as páginas do livro *Vie de Bohème*, de Henri Murger. Depois das 10 horas, ouvi os passos da criada, que se recolhia à cama. Onze horas e mais passos imponentes da proprietária passando diante de minha porta, levando-a ao seu destino. Era quase meia-noite quando ouvi o ruído seco de uma chave na fechadura. No instante em que ele entrou, vi pela expressão de seu rosto que não fora bem-sucedido. Contentamento e tristeza pareciam lutar entre si pelo predomínio, até que o primeiro venceu e ele irrompeu numa sonora risada.

– Por nada deste mundo gostaria que os membros da Scotland Yard soubessem disso – exclamou ele, jogando-se na cadeira. – Tenho zombado tanto deles que nunca mais deixariam de tocar no assunto. Posso me dar ao luxo de rir à vontade, porque sei que nesse longo entrevero ainda levarei a melhor.

– O que foi que aconteceu? – perguntei.

– Oh! Não me importo em contar uma história contra mim. Aquela criatura não tinha andado muito quando começou a mancar e a dar sinais de que estava com os pés doloridos. Finalmente, parou e chamou uma carruagem que estava passando. Consegui me aproximar bastante para ouvir o endereço, e nem precisava ter ficado tão ansioso, pois ela o ditou com voz suficientemente alta para ser ouvida do outro lado da rua. "Leve-me ao número 13 da Duncan Street, em Houndsditch", disse ela. Isso começa a parecer verdadeiro, pensei, e, ao vê-la acomodada dentro da carruagem, agarrei-me na traseira e fiquei empoleirado. Essa é uma arte em que todo detetive deveria ser perito. Bem, lá fomos nós, sem jamais parar, até chegar à rua em questão. Saltei antes de nos aproximarmos da porta e comecei a descer a rua de modo tranquilo e despreocupado. Vi a carruagem parar. O cocheiro desceu, abriu a porta e ficou esperando. Mas ninguém saiu. Quando me aproximei, ele estava examinando freneticamente a carruagem vazia e dando vazão à mais bela e sortida coleção de pragas que já ouvi. Não havia sinal ou vestígio de sua passageira, e receio que vai passar um bom tempo antes que receba o pagamento pela corrida. Pedindo informações no número 13, soubemos que a casa pertencia a um respeitável fabricante de papel de parede chamado Keswick e que ali ninguém jamais ouvira falar dos sobrenomes Sawyer ou Dennis.

– Não pretende me dizer – exclamei, estupefato – que aquela trôpega e debilitada velha senhora conseguiu saltar da carruagem em movimento sem que você ou o cocheiro a visse?

– Velha senhora, com os diabos! – disse Sherlock Holmes, bruscamente. – Nós é que parecemos duas velhas senhoras para sermos enganados desse jeito. Deve ter sido um homem jovem e muito atlético também, além de ser um incomparável ator. O disfarce era inimitável. Ele percebeu que estava sendo seguido, sem dúvida, e usou desse meio para se safar. Isso mostra que o homem procurado por nós não está tão sozinho quanto imaginei, mas tem amigos dispostos a arriscar-se por ele. Agora, doutor, me parece que está exausto. Aceite meu conselho e vá para a cama.

Eu me sentia realmente cansado, assim, obedeci à ordem dele. Deixei Holmes sentado diante de um fogo reluzente e, bem tarde da noite, ouvia os gemidos abafados e melancólicos de seu violino, e sabia que continuava a ponderar sobre o estranho problema que se havia proposto a resolver.

Capítulo VI
Tobias Gregson mostra o que pode fazer

Os jornais do dia seguinte estavam repletos de notícias do que chamavam "O mistério de Brixton". Todos faziam um longo relato do caso e alguns acrescentavam comentários a respeito. Havia neles algumas informações que eram novas para mim. Ainda conservo em meu álbum numerosos recortes e extratos relativos ao fato. Segue-se o resumo de alguns deles.

O *Daily Telegraph* observava que, na história do crime, raramente se encontrava uma tragédia que apresentasse características mais estranhas. O nome alemão da vítima, a ausência de qualquer motivo aparente e a sinistra inscrição na parede, tudo indicava que o crime fora cometido por refugiados políticos ou por revolucionários. Os socialistas tinham muitas ramificações na América, e o morto, que havia sem dúvida infringido suas leis não escritas, tinha sido seguido por eles. Depois de aludir ligeiramente à Vehme Sagrada, à Aqua Tofana, aos carbonários, à marquesa de Brinvilliers, à teoria darwiniana, aos princípios de Malthus e aos assassinatos de Ratcliff Highway, o artigo concluía admoestando o governo e exigindo uma vigilância mais severa sobre os estrangeiros na Inglaterra.

O *Standard* comentava o fato de que tais violências anormais geralmente ocorriam quando o Partido Liberal estava no poder. Surgiam da inquietação das massas e do consequente enfraquecimento da autoridade. O morto era um cidadão americano que esteve residindo por algumas semanas na metrópole. Estivera hospedado na pensão de Madame Charpentier, em Torquay Terrace, Camberwell. Era acompanhado em suas viagens por seu secretário particular, o senhor Joseph Stangerson. Ambos haviam se despedido da proprietária na terça-feira, dia 4, e partido para a Euston Station, com a clara intenção de tomar o expresso para Liverpool. Foram vistos juntos, mais tarde, na plataforma da estação. Nada mais se soube deles, até que o corpo do senhor Drebber foi encontrado, como registrado, numa casa vazia da Brixton Road, a várias milhas da Euston. Como tinha chegado até lá ou por que teve esse trágico destino são perguntas que ainda estão envoltas em mistério. Nada se sabe do paradeiro de Stangerson. O artigo dizia ainda: "Temos a satisfação de registrar que os senhores Lestrade e Gregson, da Scotland Yard, estão empenhados no caso e isso nos leva a confiar que esses conhecidos oficiais vão desvendar rapidamente esse mistério".

O *Daily News* observava que não havia dúvidas de que se tratava de um crime político. O despotismo e o ódio contra o liberalismo que animavam os governos do continente europeu tinham tido como efeito trazer para nossas praias um grande número de homens que seriam excelentes cidadãos se não os amargurasse a recordação do que haviam sofrido. Entre esses homens existia um rígido código de honra, e qualquer infração contra ele era punida com a morte. Todos os esforços deveriam ser feitos para localizar o secretário Stangerson e verificar certos pormenores sobre os hábitos do morto. Um grande passo já fora dado com a descoberta do endereço da casa onde ele estivera hospedado, o que se devia inteiramente à perspicácia e à energia do senhor Gregson, da Scotland Yard.

Sherlock Holmes e eu líamos essas notícias juntos, durante o café, e elas pareciam diverti-lo imensamente.

– Já lhe disse que, não importa o que aconteça, Lestrade e Gregson certamente levarão os louros.

– Isso depende de como tudo vai acabar.

– Oh, meu caro, isso não tem a menor importância. Se o homem for apanhado, será graças aos esforços deles; se escapar, será apesar dos esforços dos dois. Se é cara, ganho eu; se é coroa, perde você. Podem fazer o que for, terão sempre os fãs deles. *"Un sot trouve toujours un plus sot qui l'admire."* [1]

– O que é isso? – exclamei, pois naquele momento se ouviu um barulho de muitos passos no hall e na escada, acompanhado por claras expressões de desagrado por parte da dona da casa.

– É a divisão da força policial de detetives da Baker Street – disse gravemente meu companheiro, e, enquanto falava, a sala foi invadida por meia dúzia dos mais sujos e mais barulhentos garotos em quem já bati os olhos.

– Atenção! – gritou Holmes, num tom firme, e os seis meninos maltrapilhos ficaram em linha como outras tantas estatuetas mal afamadas. – Da próxima vez, mandem somente Wiggins para fazer o relato e o resto de vocês deve esperar na rua. Descobriram alguma coisa, Wiggins?

– Não, senhor, nada – disse um dos meninos.

– Eu já esperava por isso. Devem continuar procurando até encontrar. Aqui está o pagamento – deu a cada um deles 1 xelim. – Agora se mandem, e voltem com melhores informações da próxima vez.

Acenou com a mão e eles saíram correndo escada abaixo como ratos e, logo a seguir, ouvíamos suas vozes estridentes na rua.

---

[1] "Um tolo sempre encontra um mais tolo que o admira" – N. do T.).

– Obtém-se mais resultado com um desses pequenos indigentes do que com uma dúzia de agentes da força policial – observou Holmes. – A simples presença de uma pessoa com a aparência de funcionário público fecha os lábios de todos. Esses garotos, porém, vão a toda parte e ouvem tudo. E são também tão penetrantes como agulhas; tudo de que precisam é organização.

– E é para o caso da Brixton Road que você está se servindo deles? – perguntei.

– Sim. Há um ponto que eu desejo apurar. É só uma questão de tempo. Oba! Vamos ter algumas notícias agora como desforra! Lá está Gregson descendo a rua com a felicidade estampada em todas as linhas do rosto. Vem para cá. Sim, está parando. Aí está ele!

Houve um enérgico toque de campainha e, em poucos segundos, o detetive louro subiu as escadas, de três em três degraus, e irrompeu em nossa sala de estar.

– Meu caro camarada – exclamou ele, apertando a mão indiferente de Holmes –, felicite-me! Consegui tornar todo o caso tão claro como o dia.

Uma sombra de ansiedade me pareceu atravessar o expressivo rosto de meu companheiro.

– Quer dizer que está na pista certa? – perguntou ele.

– Na pista certa! Ora, senhor, já trancamos o homem no xadrez.

– Como se chama?

– Arthur Charpentier, subtenente da Marinha Real – exclamou Gregson, pomposamente, esfregando as mãos gordas e inflando o peito.

Sherlock Holmes deu um suspiro de alívio e relaxou, sorrindo.

– Sente-se e prove um desses charutos – disse ele. – Estamos ansiosos em saber como conseguiu isso. Aceita um uísque e um pouco de água?

– Não recusaria – respondeu o detetive. – Os tremendos esforços que fiz nesses últimos dois dias me deixaram exausto. Não é tanto o esforço físico, compreenda, mas a extenuação mental. Certamente vai apreciar isso, senhor Sherlock Holmes, pois nós dois trabalhamos com o cérebro.

– Honra-me sobremaneira – disse Holmes, gravemente. – Conte-nos, por favor, como chegou a esse gratificante resultado.

O detetive se sentou na poltrona e complacentemente soltava baforadas de seu charuto. De repente, deu uma palmada na coxa e rompeu num acesso de contentamento.

– O mais engraçado é que – exclamou ele – esse idiota do Lestrade, que se julga tão esperto, seguiu sempre a pista falsa. Ele anda procurando o secretário Stangerson, que tem tanto a ver com o crime como um bebê. Não duvido que a essa hora já o tenha apanhado.

A ideia divertia tanto Gregson que desatou a rir a ponto de se sufocar.

– E como conseguiu a chave do mistério?

– Ah! Vou lhes contar tudo. Naturalmente, dr. Watson, isso fica estritamente entre nós. A primeira dificuldade que enfrentamos foi a de obter os antecedentes desse americano. Alguns teriam esperado até receber uma resposta a anúncios publicados ou até que alguém se apresentasse espontaneamente para fornecer informações. Esse não é o jeito de Tobias Gregson trabalhar. Lembram-se do chapéu ao lado do cadáver?

– Sim – respondeu Holmes. – Fabricado por John Underwood & Sons, Camberwell Road, 129.

Gregson pareceu desanimado.

– Achei que não tivesse notado isso – disse ele. – Esteve lá?

– Não.

– Ah! – exclamou Gregson, num tom de alívio. – Nunca se deve desprezar uma oportunidade, por menor que possa parecer.

– Para um grande espírito, nada é pequeno – observou Holmes, sentenciosamente.

– Bem, fui ver Underwood e lhe perguntei se tinha vendido algum chapéu daquele tipo e tamanho. Ele consultou seus livros de registro e logo o identificou. Havia enviado o chapéu a um certo senhor Drebber, residente na pensão Charpentier, em Torquay Terrace. Desse modo, consegui seu endereço.

– Astuto, muito astuto! – murmurou Sherlock Holmes.

– Em seguida, visitei a senhora Charpentier – continuou o detetive. – Encontrei-a muito pálida e aflita. A filha dela estava na sala também, uma menina notavelmente linda. Estava com os olhos vermelhos, e seus lábios tremiam enquanto lhe falava. Isso não escapou à minha observação. Comecei a desconfiar de que havia algo mais. Sabe da sensação que aflora, senhor Sherlock Holmes, quando estamos diante de uma pista certa, uma espécie de tremor que agita os nervos.

"Já sabe da morte misteriosa de seu último pensionista, o senhor Enoch J. Drebber, de Cleveland?", perguntei.

A mãe acenou afirmativamente. Parecia incapaz de pronunciar uma palavra. A filha desatou a chorar. Senti mais do que nunca que essas pessoas sabiam algo a respeito do assunto.

"A que horas o senhor Drebber deixou sua casa para tomar o trem?", perguntei.

"Às 8 horas", disse ela, engolindo em seco para dominar a agitação. "O secretário dele, o senhor Stangerson, disse que havia dois trens: um às 9h15 e outro às 11h00. Ele ia tomar o primeiro."

"E foi essa a última vez que o viu?"

Uma terrível mudança se operou no rosto da mulher quando fiz essa pergunta. Suas feições se tornaram totalmente lívidas. Só alguns segundos depois é que ela conseguiu dizer uma única palavra: "sim". E, quando o fez, foi num tom de voz rouco e alterado.

Houve um momento de silêncio e então a filha falou com uma voz clara e tranquila:

"A mentira não vai nos servir para nada, mamãe", disse ela. "Vamos ser francas com esse cavalheiro. Sim, nós vimos o senhor Drebber de novo."

"Deus a perdoe!", exclamou a senhora Charpentier, erguendo as mãos e deixando-se cair na cadeira. "Você acaba de matar seu irmão."

"Arthur com certeza prefere que digamos a verdade", retrucou firmemente a menina.

"Então é melhor que me digam tudo agora", disse eu. "Meias confidências são piores do que nenhuma. Além disso, as senhoras ignoram o quanto sabemos a respeito."

"A culpa é toda sua, Alice!", exclamou a mãe e, voltando-se para mim: "Vou lhe contar tudo. Não imagine que minha agitação, por tratar-se de meu filho, provenha de qualquer temor de que ele tenha participado desse terrível caso. Ele é totalmente inocente. Meu medo, porém, é que, a seus olhos e aos dos outros, ele possa parecer comprometido. Mas isso é absolutamente impossível. O elevado caráter, a profissão e os antecedentes dele não o admitem."

"O melhor que tem a fazer é abrir o jogo sobre os fatos", observei. "Fique tranquila, se seu filho é inocente, não vai piorar a situação."

"Talvez seja melhor que nos deixe a sós, Alice", disse ela, e a filha se retirou. "Agora, senhor", continuou ela, "eu não tinha a menor intenção de lhe contar tudo isso, mas, desde que minha pobre filha já o revelou em parte, não me resta alternativa. Uma vez que me decidi a falar, vou contar tudo, sem omitir qualquer pormenor."

"É a conduta mais sábia", disse eu.

"O senhor Drebber esteve conosco cerca de três semanas. Ele e o secretário, senhor Stangerson, andaram viajando pela Europa. Notei uma etiqueta de Copenhague em cada uma das malas, mostrando que esse teria sido o último lugar por que passaram. Stangerson era um homem quieto e reservado, mas o patrão dele, lamento dizê-lo, era exatamente o contrário. Tinha hábitos grosseiros e modos rudes. Na mesma noite da chegada, ficou totalmente transtornado por causa da bebida e, na verdade, depois do meio-dia nunca se poderia dizer que estivesse sóbrio. Suas maneiras para com as criadas eram desagradavelmente livres e íntimas. O pior de tudo é que logo passou a ter as mesmas atitudes com minha filha, Alice, e lhe falou, mais de uma vez, de um modo que, felizmente, ela é demasiado inocente para entender. Numa ocasião chegou até a tomá-la nos braços e a abraçá-la, uma afronta que levou o próprio secretário dele a recriminá-lo pela conduta indigna."

"Mas por que tolerou tudo isso?", perguntei. "Suponho que a senhora possa se livrar de seus pensionistas quando quiser."

– A senhora Charpentier corou diante dessa minha pertinente colocação.

"Aprouvesse a Deus que o tivesse despedido no mesmo dia em que chegou", disse ela. "Mas a tentação era embaraçosa. Cada um deles pagava 1 libra por dia, 14 libras por semana, e estamos na estação baixa. Sou viúva, e meu filho na Marinha tem custado muito. Eu relutava em perder esse dinheiro. Agi do melhor modo. Mas essa última atitude dele passou dos limites e por causa disso lhe pedi que saísse de minha casa. Esse foi o motivo por que ele foi embora."

"E então?"

"Meu coração ficou leve quando o vi partindo. Meu filho estava em casa, de licença, mas eu não lhe disse nada, porque seu temperamento é violento e tem enorme carinho pela irmã. Quando fechei a porta atrás deles, senti que tirava um grande peso de cima de mim. Infelizmente, menos de uma hora depois ouvi a campainha tocar e soube que o senhor Drebber tinha voltado. Estava muito alterado e evidentemente no pior estado, por causa da bebida. Sem mais, abriu caminho até a sala, onde eu estava com minha filha, e fez qualquer observação incoerente sobre o fato de ter perdido o trem. Voltou-se então para Alice e, na minha frente, lhe propôs que fugisse com ele. 'Você é maior de idade', disse ele, 'e não há lei que possa detê-la. Tenho dinheiro suficiente e de sobra. Não se importe com essa velha e venha comigo agora mesmo. Viverá como uma princesa.' A pobre Alice ficou tão assustada que recuou, mas ele a agarrou pelo pulso e tentou arrastá-la para a porta. Dei um grito e, nesse momento, meu filho, Arthur, entrou na sala. O que aconteceu, então, nem sei. Ouvi pragas e os confusos ruídos de uma luta. Eu estava tão aterrorizada que nem levantei a cabeça. Quando finalmente ergui os olhos, vi Arthur rindo perto da porta, com uma bengala na mão. 'Não creio que esse distinto sujeito volte a nos perturbar outra vez', disse ele. 'Eu vou atrás dele para ver o que faz da vida.' E, com essas palavras, apanhou o chapéu e partiu estrada abaixo. Na manhã seguinte, soubemos da morte misteriosa do senhor Drebber."

– Essas declarações saíram da boca da senhora Charpentier com muitos suspiros e pausas. Por vezes, ela falava tão baixo que eu mal podia ouvir as palavras. Mas estenografei tudo o que ela disse, de modo que não pudesse subsistir a menor possibilidade de erro.

– É inteiramente emocionante – disse Sherlock Holmes, com um bocejo. – E o que aconteceu depois?

– Quando a senhora Charpentier terminou – continuou o detetive –, vi que todo o caso pendia de um único ponto. Fitando-a de um modo que sempre surte efeito com as mulheres, perguntei-lhe a que horas o filho tinha retornado.

"Não sei", respondeu ela.

"Não sabe?"

"Não; ele tem a chave da porta e entrou por conta própria."
"Depois que a senhora foi dormir?"
"Sim."
"E a que horas a senhora se deitou?"
"Perto das 11."
"Então seu filho esteve ausente por pelo menos duas horas?"
"Sim."
"Talvez quatro ou cinco?"
"Sim."
"O que ele esteve fazendo durante esse tempo?"
"Não sei", respondeu ela, empalidecendo totalmente.

– Está claro que depois disso não havia mais nada a fazer. Descobri onde estava o tenente Charpentier, levei dois agentes comigo e o prendi. Quando toquei no ombro dele e pedi que nos acompanhasse sem reagir, respondeu-nos com toda a arrogância: "Suponho que estão me prendendo por estar implicado na morte daquele tratante do Drebber." Ora, nós não lhe havíamos dito nada a esse respeito, de modo que essa alusão tinha um caráter muito suspeito.

– Muito – disse Holmes.

– Ainda carregava a pesada bengala que, segundo a descrição da mãe, ele levou ao sair atrás de Drebber. Era um resistente bastão de carvalho.

– Qual é sua teoria, então?

– Bem, minha teoria é que ele seguiu Drebber até a Brixton Road. Uma vez ali, surgiu nova altercação entre eles, durante a qual Drebber recebeu um golpe de bengala no estômago, o que talvez o tenha matado sem deixar qualquer marca. Chovia tanto que ninguém estava por perto e, assim, Charpentier pôde arrastar o corpo da vítima para o interior da casa vazia. Quanto à vela, ao sangue, à escrita na parede e à aliança, tudo isso pode representar outros tantos subterfúgios para jogar a polícia na pista errada.

– Muito bom! – disse Holmes, num tom encorajador. – Realmente, Gregson, você está fazendo progressos. Você ainda vai ser alguém.

– Fico satisfeito por ter conduzido o caso com bastante precisão – retrucou orgulhosamente o detetive. – O jovem deu espontaneamente uma declaração, na qual dizia que, depois de seguir por algum tempo Drebber, este o percebeu e tomou uma carruagem para se livrar dele. A caminho de casa, encontrou um velho camarada de bordo e deu um longo passeio com ele. Interrogado sobre o endereço desse velho camarada, não soube dar qualquer resposta satisfatória. Acho que tudo nesse caso se encaixa perfeitamente. O que me diverte, no entanto, é pensar que Lestrade, que começou seguindo uma pista falsa, não vai chegar a lugar algum. Ora, valha-me Deus, aí vem ele em pessoa!

Era realmente Lestrade, que tinha subido as escadas enquanto estávamos conversando e que agora entrava na sala. A decisão e o garbo que geralmente caracterizavam seu porte e vestuário tinham, no entanto, desaparecido. Seu rosto revelava preocupação e perturbação, e sua roupa estava desalinhada e amarrotada. Evidentemente, tinha vindo com a intenção de consultar Sherlock Holmes, pois, ao perceber seu colega, pareceu ficar embaraçado e sem fala. Ficou em pé no meio da sala, brincando nervosamente com o chapéu, sem saber o que fazer.

– Esse caso é dos mais extraordinários – disse ele, finalmente –, dos mais incompreensíveis.

– Ah! Então acha isso, senhor Lestrade! – exclamou Gregson, triunfante. – Eu esperava que chegasse a essa conclusão. Conseguiu encontrar o secretário, o senhor Joseph Stangerson?

– O secretário, o senhor Joseph Stangerson – disse Lestrade, gravemente –, foi assassinado no Halliday's Private Hotel, perto das 6 horas desta manhã.

Capítulo VII
Uma luz nas trevas

A notícia com que Lestrade nos brindou era tão grave e tão inesperada que nós três ficamos emudecidos. Gregson saltou da cadeira e derrubou o resto de seu uísque e água. Fiquei em silêncio diante de Sherlock Holmes, que tinha os lábios apertados e as sobrancelhas rebaixadas por sobre os olhos.

– Stangerson também! – murmurou ele. – A trama se complica.

– Já era bastante complicada antes – resmungou Lestrade, puxando uma cadeira. – Parece que vim interromper uma espécie de conselho de guerra.

– Está... está certo do que acaba de dizer? – gaguejou Gregson.

– Venho agora mesmo do quarto dele – disse Lestrade. – Fui o primeiro a descobrir o que havia ocorrido.

– Estávamos ouvindo a opinião de Gregson sobre o assunto – observou Holmes. – Poderia nos dizer o que viu e o que fez?

– Sem dúvida – respondeu Lestrade, sentando-se. – Confesso francamente que minha opinião era de que Stangerson estivesse implicado na morte de Drebber. Esse novo fato veio me mostrar que eu estava completamente enganado. Convicto daquela minha ideia, tratei de descobrir o que fora feito do secretário. Eles tinham sido vistos juntos na estação de Euston em torno das 8h30 da noite do dia 3. Às 2 da madrugada, Drebber fora encontrado na Brixton Road. A questão que me intrigava era descobrir como Stangerson tinha ocupado seu tempo entre as 8h30 e a hora do crime, e o que fora feito dele mais tarde. Telegrafei para Liverpool, dando uma descrição do homem e avisando os colegas para que vigiassem os navios americanos. Comecei então a visitar todos os hotéis e pensões das proximidades de Euston. Vejam bem, meu raciocínio era que, se Drebber e seu companheiro haviam se separado, este logicamente pernoitaria nas imediações e haveria de voltar à estação no dia seguinte.

– Provavelmente haviam combinado de antemão encontrar-se em algum lugar – observou Holmes.

– E assim foi. Passei toda a noite de ontem fazendo indagações, sem qualquer resultado. Esta manhã, comecei muito cedo e, às 8 horas, já estava no Halliday's Private Hotel, na Little George Street. Ao perguntar se um certo senhor Stangerson estava alojado ali, logo me responderam que sim.

– Sem dúvida, o senhor deve ser o cavalheiro que ele está esperando – disseram eles. – Há dois dias que espera um cavalheiro.

– Onde ele está agora? – perguntei.

– No quarto, dormindo. Pediu para ser acordado às 9.

– Vou subir imediatamente para vê-lo – disse eu.

– Achava que minha súbita presença em seu quarto o deixaria nervoso e o levaria a dizer qualquer coisa descuidadamente. O servente se prontificou a me mostrar o quarto, que ficava no segundo andar, onde havia um pequeno corredor que levava até ele. O servente me indicou a porta e estava prestes a descer a escada quando vi uma coisa que me deixou estarrecido, apesar de meus 20 anos de experiência. Corria por debaixo da porta um filete vermelho de sangue, que havia atravessado sinuosamente o corredor e formava uma pequena poça no rodapé da parede oposta. Dei um grito que fez o servente voltar. Quase desmaiou ao ver aquilo. A porta estava fechada por dentro, mas nós a arrombamos com os ombros. A janela do quarto estava aberta e, ao lado da janela, no meio da maior desordem, jazia o corpo de um homem em roupa de dormir. Estava morto, e já fazia algum tempo, pois seus membros estavam enrijecidos e frios. Quando o viramos, o servente o reconheceu imediatamente como sendo o mesmo cavalheiro que havia alugado o quarto sob o nome de Joseph Stangerson. A causa da morte foi uma profunda punhalada no flanco esquerdo, que deve ter penetrado no coração. E agora vem a parte mais estranha do fato. O que imaginam que estava em cima do homem assassinado?

Senti um arrepio na pele e um pressentimento de iminente horror, antes mesmo que Sherlock Holmes respondesse.

– A palavra "Rache" escrita com sangue – disse ele.

– Isso mesmo – confirmou Lestrade, em tom amedrontado; e todos nós ficamos em silêncio por uns momentos.

Havia algo de tão metódico e tão incompreensível nas ações desse assassino desconhecido, que imprimia horror a seus crimes. Meus nervos, que eram suficientemente fortes até nos campos de batalha, tremiam quando eu pensava nesse crime.

– O assassino foi visto – continuou Lestrade. – Um leiteiro, percorrendo seu caminho até a leiteria, descia o beco que leva da estrebaria aos fundos do hotel. Notou que uma escada, que geralmente ficava por lá, estava encostada a uma das janelas do segundo andar e que esta se achava escancarada. Depois de passar, olhou para trás e viu um homem descendo por essa escada. Descia tão tranquilo e com tanta despreocupação que o rapaz pensou tratar-se de um carpinteiro ou um marceneiro trabalhando no hotel. Não prestou muita atenção, além de achar que era um pouco cedo para ele já estar no trabalho. Tem a impressão de que o homem era alto, de rosto avermelhado e vestia um longo sobretudo marrom. Deve ter ficado algum tempo no quarto depois do assassinato, pois encontramos água suja de sangue numa bacia, onde teria lavado as mãos, e manchas nos lençóis, em que deliberadamente limpou o punhal.

Olhei rapidamente para Holmes ao ouvir a descrição do assassino, cujo tipo correspondia exatamente à descrição que ele já havia feito. Não havia, contudo, em seu rosto qualquer sinal de alegria ou satisfação.

– Não encontrou nada no quarto que pudesse fornecer um indício contra o assassino? – perguntou ele.

– Nada. Stangerson estava com a carteira de Drebber no bolso, mas parece que isso era costume, visto que fazia todos os pagamentos. Havia nela pouco mais de 80 libras, mas nada tinha sido tirado. Quaisquer que sejam os motivos desses crimes extraordinários, o roubo certamente não é um deles. Não foram encontrados papéis nem anotações nos bolsos do morto, exceto um único telegrama proveniente de Cleveland, com data de um mês antes, que dizia: "J. H. está na Europa." Não havia assinatura nessa mensagem.

– E não havia nada mais? – perguntou Holmes.

– Nada de importância. Um romance, que lia antes de cair no sono, estava em cima da cama, e seu cachimbo, sobre uma cadeira ao lado. Havia um copo de água na mesa e, no peitoril da janela, uma caixinha de unguento contendo duas pílulas.

Sherlock Holmes pulou da cadeira com uma exclamação de júbilo.

– O último elo – exclamou ele, exultante.

– Meu caso está completo.

Os dois detetives fitaram-no atônitos.

– Tenho agora nas mãos – disse meu companheiro, confiante – todos os fios que formam esse novelo. Há, é claro, pormenores que precisam ser completados, mas estou absolutamente certo de todos os fatos principais, desde o momento em que Drebber se separou de Stangerson na estação até a descoberta do corpo deste, como se os tivesse visto com meus próprios olhos. Eu lhes darei uma prova do que sei. Conseguiu recolher essas pílulas?

– Tenho-as aqui comigo – respondeu Lestrade, tirando do bolso uma caixinha branca. – Trouxe-as, e também com a carteira e o telegrama, com a intenção de guardá-las em local seguro, no posto policial. Foi por mero acaso que recolhi as pílulas, pois estou inclinado a dizer que não lhes atribuo importância alguma.

– Passe-as para mim – disse Holmes. – Então, doutor – voltando-se em minha direção –, essas pílulas são comuns?

Certamente não o eram. Tinham uma cor cinzenta de pérola, eram pequenas, redondas e quase transparentes contra a luz.

– Por sua leveza e transparência, poderia imaginar que são solúveis em água – observei.

– Precisamente – replicou Holmes. – E, agora, quer ter a bondade de descer e buscar aquele pobre diabo do terrier que está doente há tanto tempo e que a dona da casa queria que você desse um fim aos sofrimentos dele ontem?

Desci as escadas e voltei com o cachorro nos braços. Sua respiração forçada e seus olhos vítreos mostravam que não estava muito longe do fim. Na verdade, o focinho esbranquiçado proclamava que já tinha ultrapassado o termo normal da existência canina. Coloquei-o sobre uma almofada no tapete.

– Vou cortar agora uma dessas pílulas em duas partes – disse Holmes, e, tomando seu canivete, passou da palavra à ação. – Uma metade será reposta na caixa para futuros propósitos. Vou pôr a outra metade neste copo, no qual coloquei uma colher de chá de água. Percebem que nosso amigo, o doutor, tem razão, ela se dissolve prontamente.

– Isso pode ser muito interessante – disse Lestrade, num tom ofendido de quem suspeita estar sendo ridicularizado. – Não vejo, porém, que relação tem com a morte do senhor Joseph Stangerson.

– Paciência, meu amigo, paciência! Oportunamente vai descobrir que tem tudo a ver. Agora vou acrescentar um pouco de leite, para que a mistura seja palatável e, ao oferecê-la ao cão, veremos que vai lambê-la rapidamente.

Enquanto falava, despejou o conteúdo do copo num pires e o colocou diante do terrier, que, rapidamente, o limpou com a língua. A atitude séria de Sherlock Holmes havia nos convencido de tal modo que ficamos em silêncio, olhando atentamente para o animal, à espera de algum efeito surpreendente. Mas nada aconteceu. O cão continuou deitado na almofada, com a respiração ofegante, mas aparentemente nem melhor nem pior do que antes de ter ingerido o líquido. Holmes tinha tirado seu relógio e, como os minutos se passavam sem resultado, uma expressão de profunda preocupação e desapontamento transpareciam em sua fisionomia. Mordia os lábios, tamborilava com os dedos na mesa e dava todos os sinais de aguda impaciência. Sua emoção era tão grande que eu, sinceramente, senti pena dele, enquanto os dois detetives sorriam ironicamente, nada descontentes com esse fracasso.

– Não pode ser coincidência! – exclamou ele, finalmente, saltando da cadeira e caminhando nervosamente de cá para lá pela sala. – É impossível que tenha sido mera coincidência. As próprias pílulas de que suspeitei no caso de Drebber são realmente encontradas depois da morte de Stangerson. E, ainda assim, parecem inofensivas. Que significa isso? Certamente, toda a minha cadeia de raciocínios não pode estar errada. É impossível! E, no entanto, esse danado de cachorro não piorou. Ah! Já sei! Já sei! – com um verdadeiro grito de alegria, correu para a caixinha, cortou a outra pílula em duas partes, dissolveu-a, acrescentou leite e deu-a ao terrier. O pobre cachorro mal havia umedecido a língua no líquido e já foi acometido de um tremor convulsivo em todos os seus membros e caiu rígido e sem vida como se tivesse sido fulminado por um raio.

Holmes deu um longo suspiro e enxugou o suor da testa.

– Eu deveria ter tido mais confiança – disse ele. – Já deveria saber que, a essa altura, quando um fato parece se opor a uma longa série de deduções, invariavelmente se presta a alguma interpretação diversa. Das duas pílulas dessa caixa, uma continha o veneno mais mortal e a outra era inteiramente inofensiva. Eu tinha de sabê-lo antes mesmo de ter visto a caixa.

Essa última afirmação me pareceu tão surpreendente que mal podia acreditar que ele estivesse de posse de suas faculdades mentais. Ali estava o cachorro morto, contudo, para provar que sua conjetura estava correta. Parecia que a névoa em minha própria mente se desfazia aos poucos e comecei a ter uma opaca e vaga percepção da verdade.

– Tudo isso lhes parece estranho – continuou Holmes – porque vocês falharam, no início da investigação, em captar a importância do único indício verdadeiro que tinham diante dos olhos. Tive a sorte de percebê-lo e tudo o que aconteceu desde então tem servido para confirmar minha suposição inicial; e, na verdade, não era senão a sequência lógica dos fatos. Por isso é que as coisas que os deixaram perplexos e tornaram o caso mais obscuro só serviram para aclarar e reforçar minhas conclusões. É um erro confundir estranheza com mistério. O crime mais banal é, muitas vezes, o mais misterioso, porque não apresenta nenhuma característica nova ou especial da qual se possa fazer deduções. Esse assassinato teria sido infinitamente mais difícil de desvendar se o corpo da vítima tivesse sido encontrado simplesmente na rua, sem nenhuma dessas circunstâncias insólitas e sensacionais que o tornaram notável. Esses estranhos pormenores, longe de tornarem o caso mais difícil, tiveram realmente o efeito de torná-lo mais fácil de esclarecer.

O senhor Gregson, que tinha ouvido essa explanação com considerável impaciência, não pôde mais se conter.

– Muito bem, senhor Sherlock Holmes – disse ele –, todos estamos prontos a reconhecer que o senhor é um homem sagaz e que tem os próprios métodos de trabalho. Agora, pois, queremos algo mais do que simples teorias e sermões. Trata-se de apanhar o culpado. Já expus minha hipótese e parece que eu estava errado. O jovem Charpentier não poderia ser acusado do segundo delito. Lestrade saiu em busca de um homem, Stangerson, e parece que ele também estava errado. O senhor tem feito alusões aqui e ali e parece saber mais do que nós; mas chegou o momento em que nos sentimos no direito de lhe perguntar, sem rodeios, o que sabe a respeito desse assunto. Pode dar o nome de quem fez isso?

– Não posso deixar de concordar que Gregson tem razão, senhor – observou Lestrade. – Ambos tentamos e falhamos. Já afirmou mais de uma vez, desde que estou nesta sala, que tinha todas as evidências de que necessitava. Certamente, não haverá de retê-las por mais tempo.

– Qualquer demora em prender o assassino – observei – pode lhe dar tempo para perpetrar alguma nova atrocidade.

Pressionado desse modo por todos nós, Holmes deu sinais de hesitação. Continuou a caminhar de cá para lá pela sala, com a cabeça enterrada no peito e com as sobrancelhas franzidas, como era seu hábito quando estava perdido em reflexões.

– Não haverá mais assassinatos – disse ele, finalmente, parando repentinamente e olhando para nós. – Podem deixar essa hipótese fora de questão. Perguntaram-me se eu sei o nome do assassino. Sei. Mas o mero fato de saber seu nome é pouca coisa comparada com a possibilidade de pormos as mãos nele. E é isso que espero fazer em breve. Tenho realmente esperança de consegui-lo com meus próprios recursos; mas é algo que requer delicado manejo, porque temos de tratar com um homem astuto e desesperado, que conta com o apoio, segundo já tive ocasião de provar, de outro, que é tão inteligente quanto ele. Enquanto esse homem não souber que alguém possui um indício contra ele, há alguma chance de apanhá-lo, mas, se ele tiver a mais leve suspeita, vai mudar de nome e vai desaparecer num instante entre os quatro milhões de habitantes dessa grande cidade. Sem a intenção de ferir seus sentimentos, estou inclinado a dizer que esses homens são capazes de levar a melhor sobre a polícia, e é por isso que até agora não lhes pedi assistência. Se eu falhar, vou arcar, é claro, com toda a responsabilidade decorrente dessa omissão, mas estou preparado para isso. Por ora, só posso prometer que, tão logo possa me comunicar com os senhores sem pôr em perigo meus planos, vou fazê-lo.

Gregson e Lestrade pareciam bem pouco satisfeitos com essa promessa e com a depreciativa alusão à força policial. O primeiro corou até a raiz de seus cabelos louros, enquanto os olhos do outro, pequenos como contas, cintilaram de curiosidade e ressentimento. Nenhum deles, contudo, teve tempo para falar, pois se ouviu uma pancada na porta e o porta-voz dos meninos de rua, Wiggins, introduziu na sala sua insignificante e malcheirosa figura.

– Pois não, senhor – disse ele, tocando seu topete. – Estou com a carruagem lá embaixo.

– Ótimo – falou Holmes, afavelmente. – Por que não introduzem esse modelo na Scotland Yard? – continuou ele, tirando um par de algemas de aço de uma gaveta. – Vejam como a mola funciona perfeitamente. As algemas se fecham num instante.

– O modelo antigo é muito bom – observou Lestrade –, desde que encontremos o homem a algemar.

– Muito bem, muito bem – falou Holmes, sorrindo. – O cocheiro poderá me ajudar a levar minhas caixas. Peça-lhe que suba, Wiggins.

Fiquei surpreso ao ver meu companheiro falar como se estivesse pronto para viajar, visto que nada me tinha dito a respeito.

Havia na sala uma maleta, que ele puxou e começou a fixar-lhe as correias. Estava ocupado nisso quando o cocheiro entrou na sala.

– Ajude-me com esta fivela, cocheiro – pediu ele, ajoelhando-se para terminar o serviço, sem ao menos virar a cabeça.

O sujeito se aproximou, com ar um tanto sombrio e desafiador, e estendeu as mãos para ajudar. Nesse instante, houve um estalido seco, o tinir de metal, e Sherlock Holmes se levantou num pulo.

– Senhores – exclamou ele, com os olhos flamejantes –, permitam-me lhes apresentar o senhor Jefferson Hope, o assassino de Enoch Drebber e de Joseph Stangerson.

Toda a cena ocorreu num instante, tão rapidamente que eu não tive tempo de perceber. Tenho a viva lembrança daquele momento, da expressão triunfante de Holmes, do timbre de sua voz, do rosto confuso e brutal do cocheiro enquanto olhava para as algemas reluzentes, que pareciam ter surgido como por um passe de mágica em seus pulsos. Por um segundo ou dois, poderíamos ser vistos como um grupo de estátuas. Então, com um rugido inarticulado de fúria, o prisioneiro se livrou do braço de Holmes e se atirou contra a janela. Caixilhos e vidros cederam a seu encontrão, mas, antes que ele se jogasse, Gregson, Lestrade e Holmes saltaram sobre ele como cães de caça. Foi arrastado para o meio da sala e então começou uma luta terrível. Tão robusto e feroz ele era que nos arremessou para longe, os quatro, mais de uma vez. Parecia ter a força convulsiva de quem sofre um ataque epiléptico. Seu rosto e mãos estavam terrivelmente dilacerados pelo esbarrão contra os vidros da janela, mas a perda de sangue não diminuía sua resistência. Foi somente quando Lestrade conseguiu agarrar-lhe o cachecol, apertando-o a ponto de estrangulá-lo, que chegamos a convencê-lo de que seus esforços eram inúteis; ainda assim, não nos sentimos seguros até conseguir amarrar-lhe mãos e pés. Feito isso, levantamos exaustos e ofegantes.

– Temos a carruagem dele – disse Sherlock Holmes. – Servirá para levá-lo à Scotland Yard. E agora, senhores – continuou ele, com um sorriso afável –, chegamos ao fim de nosso pequeno mistério. Terei a maior satisfação em ouvir todas as perguntas que quiserem me fazer e não há perigo de que eu me recuse a respondê-las.

Segunda Parte

A terra dos santos

Capítulo I
Na grande planície alcalina

Na parte central do grande continente norte-americano, estende-se um árido e terrível deserto, que, por muitos anos, serviu de barreira contra o avanço da civilização.

De Sierra Nevada ao Nebraska e do rio Yellowstone, ao norte, até o rio Colorado, ao sul, é uma região de desolação e silêncio. Nem a natureza se apresenta de modo uniforme nessa área sinistra. Abrange altas montanhas cobertas de neve e vales escuros e profundos. Há rios impetuosos que correm através de cânions entalhados na rocha e há vastas planícies que, no inverno, são brancas porque são recobertas pela neve e, no verão, são de cor cinza por causa da areia alcalina. Em toda essa imensa área prevalece, no entanto, a característica comum de uma terra estéril, inóspita e miserável.

Não há habitantes nessa região de desespero. Bandos de índios pawnees ou de algonquinos a atravessam ocasionalmente, a fim de alcançar outros campos de caça, mas até os mais resistentes bravos se sentem felizes ao perder de vista essas horríveis planícies e ao se verem novamente em suas pradarias. O coiote se esgueira entre os arbustos, o bútio voa pesadamente pelo ar, e o urso-pardo se move com dificuldade pelos sombrios desfiladeiros e recolhe como pode seu sustento por entre as rochas. São esses os únicos moradores do deserto.

Em todo o mundo não pode haver panorama mais lúgubre do que aquele da vertente setentrional de Sierra Blanca. Até onde o olhar pode alcançar se estende a imensa planície, toda polvilhada de manchas alcalinas e entrecortada por aglomerados de retorcidos arbustos de chaparral. No extremo limite do horizonte, se ergue uma longa cadeia de picos montanhosos, cujos cumes escarpados são salpicados de neve. Nessa grande extensão de terra, não há qualquer sinal de vida nem coisa alguma que a lembre. Nenhum pássaro no céu da cor do aço, nenhum movimento na terra árida e cinzenta. Acima de tudo, um silêncio absoluto. Por muito que se apure o ouvido, não há o mais leve ruído naquele imponente deserto; nada mais que o silêncio... um silêncio total e opressivo.

Foi dito que não há nada que se refira à vida nessa vasta planície. Talvez isso não seja verdade. Olhando-se do alto de Sierra Blanca, divisa-se um caminho traçado através do deserto, que serpenteia ao longe até se perder na extrema distância. Está sulcado de rodas e batido pelos pés de muitos aventureiros. Aqui e acolá estão espalhados objetos brancos que brilham ao sol e se destacam contra o cinzento depósito alcalino. Aproximem-se e examinem! São ossos: alguns são grandes e grosseiros, outros são menores e mais delicados. Os primeiros pertenceram a bovinos, e os últimos, a seres humanos. Por mil e quinhentas milhas se pode rastrear essa rota macabra de caravanas seguindo os restos esparsos daqueles que tombaram pelo caminho.

Olhando para esse mesmo cenário, lá estava, no dia 4 de maio de 1847, um viajante solitário. Sua aparência era tal que ele bem poderia ter sido o próprio gênio ou o demônio da região. Um observador teria dificuldade em dizer se estava mais perto dos 40 ou dos 60 anos. Seu rosto era magro e desfigurado, e a pele, escura como pergaminho, se esticava rente aos ossos salientes; seus longos cabelos castanhos e sua barba estavam mosqueados e estriados de branco; seus olhos se afundavam nas órbitas e ardiam num brilho anormal; enquanto a mão, aferrada ao rifle, não tinha lá muito mais carne que a de um esqueleto. Ao ficar de pé, apoiava-se na arma e, mesmo assim, sua elevada estatura e o arcabouço maciço de seus ossos sugeriam uma constituição rija e vigorosa. Seu rosto esquelético, no entanto, e suas roupas, que pendiam tão folgadas por sobre seus membros mirrados, proclamavam o motivo de sua aparência senil e decrépita. O homem estava morrendo, de fome e de sede.

Tinha avançado penosamente penhasco abaixo e para essa pequena elevação, na vã esperança de avistar algum sinal de água. Agora a imensa planície de sal se estendia diante de seus olhos, bem como a distante cadeia de montanhas inóspitas, sem um vestígio sequer de gramíneas ou plantas que pudessem indicar a presença de umidade. Em toda aquela ampla paisagem não havia um raio de esperança. Ele olhou para o norte, leste e oeste com seus olhos esbugalhados e investigadores e então compreendeu que sua caminhada sem rumo tinha chegado ao fim, e que ali, naquele despenhadeiro desnudo, estava prestes a morrer. "Por que não aqui, em vez de sobre um leito de plumas, há vinte anos?", resmungou ele, sentando-se ao abrigo de uma grande rocha.

Antes de se sentar, tinha posto no chão seu rifle inútil e também um grande fardo envolto num xale cinzento, que carregava no ombro direito. Parecia pesado demais para suas forças, pois, ao baixá-lo, deixou que batesse no chão com alguma violência. Instantaneamente irrompeu do embrulho cinzento um pequeno gemido e do mesmo embrulho surgiu um rostinho assustado, de olhos castanhos e vivazes, bem como dois pequenos punhos gorduchos e sardentos.

– Ai, me machucou! – disse uma voz infantil, em tom de reprovação.

– Machuquei? – perguntou o homem, penitenciando-se. – Não foi de propósito.

Dizendo isso, desamarrou o xale cinzento e dele saiu uma linda menina de aproximadamente 5 anos, cujos graciosos sapatinhos e o belo vestidinho cor-de-rosa com seu pequeno avental branco evidenciavam todo um cuidado materno. A criança estava pálida e abatida, mas seus braços e pernas saudáveis mostravam que tinha sofrido menos do que seu companheiro.

– Como está agora? – indagou ele, ansioso, pois ela continuava esfregando os crespos cachos dourados que lhe cobriam a nuca.

– Dê um beijo que passa – disse ela, com a maior seriedade, indicando-lhe o local dolorido. – Assim é que a mamãe costuma fazer. Onde está a mamãe?

– Sua mãe foi embora. Acho que logo mais vai se encontrar com ela.

– Foi embora, é? – perguntou a garotinha. – Engraçado, ela não disse até logo; ela sempre me diz até logo, mesmo quando sai só para tomar chá com a titia, e agora já faz três dias que ela está fora. Diga, está muito seco, não é? Não tem água, não tem nada para comer?

– Não, não temos nada, minha querida. Tenha um pouco de paciência e logo você estará bem. Encoste sua cabeça em mim, assim, e vai se sentir melhor. Não é fácil falar com os lábios secos como couro, mas acho que é melhor você saber de tudo. O que é isso?

– Coisas bonitas! Coisas lindas! – exclamou a menina, entusiasmada, segurando dois pedaços cintilantes de mica. – Quando chegarmos em casa, vou dá-los a meu irmão Bob.

– Daqui a pouco você vai ver coisas mais bonitas do que essas – disse o homem, confiante. – Espere só um pouquinho. Eu ia lhe dizer que... Lembra-se de quando nós deixamos o rio?

– Oh, sim.

– Bem, nós calculávamos encontrar logo outro rio. Mas houve algo errado; a bússola ou o mapa ou qualquer coisa, e o rio não apareceu. A água que tínhamos acabou. Ficaram só umas gotas para crianças como você e... e...

– E o senhor não pôde se lavar – interrompeu bruscamente a menina, fitando o rosto sombrio do homem.

– Não, nem beber. E o senhor Bender foi o primeiro a ir, e depois o índio Pete, e depois a senhora McGregor, e depois Johnny Hones, e depois, minha querida, sua mamãe.

– Então a mamãe também morreu! – exclamou a menina, escondendo o rosto no avental e soluçando amargamente.

– Sim, todos se foram, menos você e eu. Depois pensei que havia alguma chance de encontrar água nessa direção, então coloquei você em meus ombros e viemos caminhando até aqui. Mas parece que nossa situação não melhorou. Agora me parece que não há mais a menor chance para nós!

– Quer dizer que nós vamos morrer também? – perguntou a criança, dominando seus soluços e erguendo o rosto molhado de lágrimas.

– Parece que é isso que vai acontecer.

– Por que não me disse isso antes? – perguntou ela, rindo alegremente. – O senhor me deu um susto. Porque, é claro, agora que vamos morrer vamos diretamente para junto da mamãe.

– Sim, você vai, minha querida.

– E o senhor também. Vou dizer a ela que foi muito, muito bom para comigo. Garanto que ela vai nos receber na porta do céu com uma grande jarra de água e uma porção de bolinhos de trigo mourisco, quentinhos e tostados dos dois lados, como Bob e eu tanto gostamos. Falta muito para irmos?

– Não sei... não muito.

Os olhos do homem estavam fixos no horizonte, em direção ao norte. Na abóbada azul do céu tinham aparecido três pontos que aumentavam de tamanho a cada momento, tão rapidamente se aproximavam. Em pouco tempo se revelaram três grandes pássaros marrons, que circulavam acima da cabeça dos dois caminhantes e logo depois se empoleiraram em rochedos mais ao alto. Eram bútios, os abutres do oeste, cujo aparecimento é o prenúncio da morte.

– Galos e galinhas! – exclamou a menina alegremente, apontando para os vultos de mau agouro e batendo palmas para espantá-los. – Escute, foi Deus que fez este lugar?

– Foi, sim – respondeu o companheiro, um pouco sobressaltado com essa inesperada pergunta.

– Ele fez a terra lá em Illinois e ele fez o Missouri – continuou a menina. – Mas parece que foi outro que fez este lugar. Não está muito bem feito. Esqueceram a água e as árvores.

– Gostaria de começar a rezar? – perguntou o homem, timidamente.

– Mas não é noite ainda – respondeu ela.

– Não importa. Não é a hora certa, mas ele não repara nisso. Você pode repetir as orações que costumava fazer todas as noites na carroça, quando estávamos nas planícies.

– Por que você não faz uma oração? – perguntou a criança, arregalando os olhos.

– Não lembro mais – respondeu ele. – Eu não rezo mais desde que tinha a metade da altura desta arma. Acho que nunca é tarde demais. Você pode começar a orar que eu vou repetindo tudo.

– Então precisa se ajoelhar, como eu também – disse ela, estendendo o xale no chão. – Você deve pôr as mãos assim. Você vai se sentir bem.

Era um estranho espetáculo, se houvesse alguém para observá-lo, além dos bútios. Lado a lado, sobre o estreito xale, os dois andarilhos se ajoelharam, a pequena tagarela e o indiferente e rijo aventureiro. O rosto rechonchudo dela e o rosto encovado e anguloso dele estavam voltados para o céu sem nuvens, numa sincera prece para aquele ser temido com o qual se viam face a face, enquanto as duas vozes, uma fina e clara, a outra profunda e áspera, se uniam no mesmo pedido de misericórdia e perdão. Terminada a oração, voltaram a sentar-se à sombra do rochedo; em pouco tempo a criança adormeceu, aninhada no largo peito de seu protetor. Ele ficou lutando contra o sono por algum tempo, mas a natureza provou ser bem mais forte que ele. Fazia três dias e três noites que não se tinha permitido um único momento de repouso. Lentamente suas pálpebras desceram sobre os olhos cansados e a cabeça foi decaindo aos poucos sobre o peito, até que a barba grisalha do homem se juntou às tranças douradas da companheira, e ambos caíram no mesmo sono profundo e sem sonhos.

Se o andarilho tivesse continuado acordado por mais meia hora, uma estranha visão teria se apresentado a seus olhos. Muito longe, no extremo limite da planície alcalina, surgiu uma pequena mancha de poeira esvoaçando, muito fraca de início e apenas visível entre a neblina da distância, mas aos poucos foi subindo e se alargando mais densa até se transformar numa grande e bem definida nuvem. Essa nuvem continuou a crescer em tamanho até se tornar evidente que só poderia ser levantada por uma grande multidão de criaturas em marcha. Em locais mais férteis, o observador teria chegado à conclusão de que uma dessas grandes manadas de bisões, que pastam nas pradarias, estava se aproximando. Mas isso era impossível nessa desolada aridez. À medida que o turbilhão de poeira se avizinhava da escarpa solitária onde repousavam os dois perdidos, toldos de carroças e figuras de cavaleiros armados começaram a surgir por entre a espessa poeira, e a aparição se revelou como uma grande caravana em marcha para o oeste. E que caravana! Quando a frente dela atingiu o sopé das montanhas, a retaguarda ainda não era visível no horizonte. Através de toda a imensa planície se estendia a esparsa multidão de carroções e carretas, de homens a cavalo e a pé, inúmeras mulheres que cambaleavam debaixo de fardos, e crianças que andavam ao lado das carroças ou que espiavam sob os toldos brancos. Evidentemente não se tratava de um grupo comum de migrantes, mas sim de algum povo nômade, que, pela força das circunstâncias, fora compelido a procurar novas terras. Surgia pelo ar um confuso vozerio e rumores produzidos por essa grande massa humana, misturados com o chiado das rodas e o relincho dos cavalos. Por mais alto que fosse esse estrondo, não foi suficiente para acordar os dois fatigados viajantes logo acima.

À frente da coluna cavalgavam uns vinte ou mais homens de rostos graves e ferrenhos, vestidos de trajes sombrios, tecidos em casa, e armados de rifles. Ao alcançarem o sopé do monte escarpado, pararam e se reuniram em breve conselho.

– Os poços ficam à direita, meus irmãos – disse um deles, de lábios duros, barba raspada e cabelos grisalhos.

– À direita de Sierra Blanca. Depois chegaremos ao rio Grande – disse outro.

– Não receiem a falta de água! – exclamou um terceiro. – Aquele que a fez jorrar da rocha não vai abandonar agora seu povo escolhido.

– Amém! Amém! – respondeu o grupo todo.

Eles estavam prontos para retomar sua jornada quando um dos mais jovens e de visão aguda deixou escapar uma exclamação e apontou para o rochedo escarpado acima deles. Em seu cume se agitava alguma coisa cor de rosa, mostrando-se clara e brilhante contra os rochedos cinzentos. Ao vê-la, todos puxaram as rédeas dos cavalos e empunharam as armas, enquanto outros cavaleiros avançaram a galope para reforçar a vanguarda. As palavras "peles vermelhas" estavam em todos os lábios.

– Não pode haver índios por aqui – disse o homem mais idoso, que parecia estar no comando. – Já atravessamos a região dos índios pawnees e não há outras tribos antes de cruzarmos as grandes montanhas.

– Posso ir em frente e fazer um reconhecimento, irmão Stangerson? – perguntou um do grupo.

– Eu também, eu também! – gritaram dezenas de vozes.

– Deixem os cavalos aqui embaixo e vamos esperar por vocês aqui – replicou o ancião.

Num momento, os jovens desmontaram, amarraram seus cavalos e começaram a subir a encosta íngreme que conduzia ao objeto que havia despertado sua curiosidade. Avançavam rapidamente e sem fazer qualquer barulho, com a confiança e a destreza de exploradores experientes. Aqueles que observavam desde a planície abaixo podiam vê-los saltar de rocha em rocha, até que suas silhuetas se destacavam contra o horizonte. O jovem que primeiro dera o alarme ia à frente. De repente, os que o seguiam viram-no erguer as mãos, como que tomado de espanto e, chegando perto dele, foram afetados pela mesma perplexidade ao se depararem com o que tinham diante dos olhos.

No pequeno planalto que coroava a colina estéril, erguia-se um único e gigante bloco rochoso e, contra ele, estava deitado um homem alto, de barba longa e de feições duras, mas extremamente magro. Seu rosto plácido e a respiração regular mostravam que estava dormindo profundamente. Ao lado dele repousava uma criança com os roliços braços brancos agarrados ao vigoroso pescoço escuro dele e com sua cabeça de cabelos dourados repousando sobre a túnica aveludada, na altura do peito dele. A menina tinha os lábios rosados entreabertos, mostrando uma linha regular de dentes brancos como a neve, e um sorriso jocoso transparecia em seu semblante infantil. Suas perninhas gorduchas, que terminavam com meias brancas e sapatinhos limpos de fivelas brilhantes, mostravam um estranho contraste com os membros longos e descarnados de seu companheiro. Na borda do rochedo acima dessa estranha dupla, empoleiravam-se três solenes abutres, que, à vista dos recém-chegados, soltaram grasnidos estridentes de desapontamento e, zangados, alçaram voo.

Os grasnidos das repulsivas aves despertaram os dois adormecidos, que olharam em volta, atônitos. O homem se levantou cambaleando e alongou a vista para a planície que estava tão desolada quando o sono o venceu e que agora estava atravessada por essa enorme massa de homens e animais. Seu rosto assumiu uma expressão de incredulidade enquanto olhava e passava sua mão ossuda pelos olhos. "Acho que isso é o que chamam de delírio", balbuciou. A menina estava de pé ao lado dele, agarrada à aba do casaco do companheiro e nada disse, mas olhava a sua volta com um olhar maravilhado e interrogativo de criança.

O grupo de resgate conseguiu rapidamente convencer os dois extraviados que o aparecimento deles não era nenhuma alucinação. Um deles apanhou a menina e a colocou sobre os ombros, enquanto dois outros ampararam o exausto companheiro dela e o ajudaram a descer até as carroças.

– Meu nome é John Ferrier – disse o andarilho. – Eu e a menina somos os únicos sobreviventes de uma caravana de 21 pessoas. Os outros morreram de sede e de fome lá pelos lados do sul.

– Ela é sua filha? – perguntou alguém.

– Acho que agora é – exclamou o outro, em tom de desafio. – Ela é minha porque fui eu que a salvei. Ninguém vai tirá-la de mim. A partir de hoje, ela é Lucy Ferrier. Mas quem são vocês? – continuou ele, olhando com curiosidade para seus robustos e bronzeados salvadores. – Parece que há uma multidão de vocês.

– Perto de 10 mil – disse um dos jovens. – Somos os perseguidos filhos de Deus, os escolhidos do anjo Merona.

– Nunca ouvi falar dele – disse o andarilho. – Parece que ele escolheu uma bela multidão de vocês.

– Não brinque com o que é sagrado – retrucou o outro, severamente. – Somos daqueles que acreditam naquelas Sagradas Escrituras gravadas em letras egípcias, em lâminas de ouro batido, que foram entregues ao santo Joseph Smith, em Palmira. Viemos de Nauvoo, estado de Illinois, onde tínhamos erguido nosso templo. Estamos à procura de um refúgio contra os homens violentos e ateus, ainda que seja no coração do deserto.

O nome de Nauvoo evidentemente despertou algumas recordações em John Ferrier.

– Compreendo – disse ele. – Vocês são mórmons.

– Somos mórmons – responderam seus companheiros, a uma só voz.

– E para onde vão?

– Não sabemos. A mão de Deus nos guia na pessoa de nosso profeta. Agora vamos levá-lo à presença dele. É ele que vai dizer o que deve ser feito de você.

A essa hora já haviam atingido o sopé do monte e estavam cercados por uma multidão desses peregrinos, mulheres de rosto pálido e aspecto humilde, crianças robustas e risonhas, homens ansiosos e de olhar sério. Muitas foram as exclamações de espanto e comiseração que ecoaram quando perceberam a pouca idade de um dos estranhos e o estado lastimável do outro. A escolta, no entanto, não se detém, mas foi em frente, acompanhada por uma grande multidão de mórmons, até chegar a uma carroça que se distinguia das outras pelas grandes dimensões e pela ostentação e elegância de seu aspecto. Seis cavalos estavam atrelados a ela, ao passo que as outras tinham apenas uma parelha ou, no máximo, duas. Ao lado do cocheiro estava sentado um homem que não poderia ter mais de 30 anos de idade, mas cuja cabeça massiva e expressão resoluta revelavam um líder. Estava lendo um livro de capa escura, no entanto, quando a multidão se aproximou, ele o deixou de lado e ouviu atentamente a narração do episódio. Voltou-se então para os dois extraviados.

– Se os levarmos conosco – disse ele, com palavras solenes –, só poderá ser como crentes de nossa fé. Não queremos ter lobos em nosso rebanho. Melhor será que seus ossos fiquem embranquecendo nesse deserto do que venham a ser aquela pequena mancha de deterioração que, com o tempo, corrompe toda a fruta. Querem vir conosco nessas condições?

– Acho que vou com vocês sob qualquer condição – respondeu Ferrier, com tal ênfase que os graves anciãos não puderam reprimir um sorriso. Somente o chefe manteve sua expressão severa e impressionante.

– Leve-o, irmão Stangerson – disse ele. – Dê-lhe de comer e de beber, e à criança também. Será tarefa sua instruí-lo sobre nossa santa religião. Já nos atrasamos demais. Avante! Vamos em frente para Sião!

– Em frente para Sião! – gritou a multidão de mórmons, e as palavras foram avançando pela longa caravana, passando de boca em boca, até se perderem num lânguido murmúrio a distância. Sob o estalo dos chicotes e o rangido das rodas, as grandes carroças se puseram em movimento e logo toda a caravana estava uma vez mais serpenteando pelo deserto. O ancião, sob cujos cuidados tinham ficado os dois andarilhos perdidos, levou-os para sua carroça, onde uma refeição já os esperava.

– Vocês vão ficar aqui – disse ele. – Em poucos dias terão se recuperado de suas fadigas. Nesse meio tempo, lembrem-se de que agora e para sempre pertencem à nossa religião. Brigham Young assim o disse, e ele falou pela voz de Joseph Smith, que é a voz de Deus.

Capítulo II
A flor de Utah

Este não é o lugar para evocar as provações e privações sofridas pelos migrantes mórmons antes de chegarem a seu refúgio derradeiro. Das margens do Mississípi aos flancos ocidentais das Montanhas Rochosas, eles tinham lutado com uma constância quase sem precedentes na história. Homens e animais selvagens, fome, sede, fadiga e doenças etc., todos os obstáculos que a natureza podia lhes colocar no caminho haviam sido superados com a tenacidade anglo-saxônica. Ainda assim, a longa viagem e os terrores acumulados haviam debilitado o coração até dos mais fortes. Não houve um só que não caísse de joelhos numa sincera prece quando eles avistaram o largo vale de Utah, banhado de sol, e quando ouviram dos lábios de seu líder que essa era a terra prometida e que aqueles hectares virgens seriam deles para todo o sempre.

Rapidamente, Brigham Young se revelou um hábil administrador, bem como um chefe resoluto. Mapas foram elaborados e gráficos foram traçados, nos quais a futura cidade era projetada. Por toda a redondeza, fazendas foram delimitadas e distribuídas a cada um segundo sua importância. Os comerciantes foram agraciados com suas lojas, e os artesãos, com suas oficinas. Na cidade, ruas e praças surgiam como que por um passe de mágica. No campo, havia drenagem e construção de cercas, surgiam roças e plantações, e já no verão seguinte toda a região aparecia dourada com a iminente colheita do trigo. Tudo prosperava na estranha colônia. Acima de tudo, o grande templo, que tinham erigido no centro da cidade, se tornava cada vez maior e mais alto. Dos primeiros alvores da madrugada até as últimas luzes do crepúsculo, os golpes do martelo e o chiar da serra nunca se faziam ausentes no monumento que os migrantes erguiam para aquele que os havia conduzido sãos e salvos através de tantos perigos.

Os dois andarilhos extraviados, John Ferrier e a menininha, que havia compartilhado da sorte dele e sido adotada como filha, acompanharam os mórmons até o fim da grande peregrinação. A pequena Lucy Ferrier foi acolhida muito bem na carroça do ancião Stangerson, um abrigo que dividia com as três mulheres do mórmon e do filho, um cabeçudo e precoce menino de 12 anos. Tendo-se refeito, com a agilidade da infância, do choque causado pela morte da mãe, ela logo se tornou a predileta das mulheres e se habituou a essa nova vida naquela casa ambulante coberta de lona. Ferrier, entrementes, havia se recuperado de suas privações e passou a distinguir-se como um guia útil e um caçador infatigável. Tão rapidamente conquistou a estima de seus novos companheiros que, ao chegarem ao fim de sua jornada pelo deserto, foi unanimemente concordado que ele receberia um pedaço de terra tão grande e fértil como o de todos os outros pioneiros, com exceção do próprio Young e de Stangerson, Kemball, Johnston e Drebber, que eram os quatro principais anciãos.

Na fazenda assim adquirida, John Ferrier construiu para si uma sólida casa de troncos de árvore, que recebeu tantas ampliações nos anos sucessivos que acabou se transformando num espaçoso casarão. Ele era um homem de senso prático, perspicaz nos negócios e hábil com suas mãos. Sua férrea constituição lhe permitia trabalhar de sol a sol na melhoria e no cultivo de suas terras. Como decorrência, sua fazenda e tudo o que lhe pertencia prosperou de modo impressionante. Em três anos, ele era o mais bem instalado de seus vizinhos; em seis, era um homem de recursos; em nove, estava rico; e, em doze, não havia em toda a Salt Lake City meia dúzia de homens que pudessem ser comparados a ele. Do grande mar interior até as distantes montanhas Wahsatch, não tinha nome mais conhecido que o de John Ferrier.

Existia um ponto, e somente um, em que ele feria as suscetibilidades de seus correligionários. Nenhum argumento ou exortação poderia jamais induzi-lo a ter um harém, à maneira de seus colegas. Nunca dava motivos para sua persistente recusa, mas se contentava em manter resoluta e inflexivelmente sua determinação. Havia alguns que o acusavam de indiferença à religião adotada, e outros lhe atribuíam ganância pela riqueza e relutância em incorrer em despesas. Outros ainda falavam de um antigo amor e de uma moça loura que tinha morrido na costa do Atlântico. Qualquer que fosse a razão, Ferrier permanecia estritamente celibatário. Em todos os outros aspectos, ele seguia a religião da jovem comunidade e gozava da reputação de ser um homem ortodoxo e correto.

Lucy Ferrier cresceu na casa de troncos e ajudava o pai adotivo em todos os seus afazeres. O ar puro das montanhas e o odor balsâmico dos pinheiros fizeram as vezes de ama e mãe para a menina. Com o passar dos anos, foi se tornando mais alta e mais forte, de faces mais coradas e de passo mais elástico. Muitos viajantes, ao passarem pela estrada que corria ao longo da fazenda de Ferrier, sentiam reviver na mente pensamentos havia muito esquecidos ao observarem aquela delicada figura de moça passeando pelos campos de trigo ou montada no cavalo do pai e dominando o animal com toda a desenvoltura e graça de uma verdadeira filha do oeste. Assim, o botão se transformou em flor, e o ano que viu seu pai como o mais rico dos fazendeiros deixou-a como o mais belo modelo de jovem americana que poderia ser encontrado em toda a costa do Pacífico.

Não foi o pai, contudo, o primeiro a descobrir que a menina se tornara mulher.

Raramente o é em tais casos. Aquela misteriosa transformação é demasiado sutil e gradativa para ser medida por datas. E muito menos a própria moça o sabe até que o tom de uma voz ou a pressão de uma mão lhe faça palpitar o coração e sentir, com uma mescla de orgulho e medo, que uma nova e mais ampla natureza despertou dentro dela. Poucas são as que não conseguem evocar esse dia e lembrar o pequeno incidente que lhes anunciou a aurora de uma nova vida. No caso de Lucy Ferrier, a ocasião foi em si mesma bastante séria, à parte da futura influência que teria em seu destino e no de muitas outras pessoas.

Era uma manhã quente de junho, e os Santos dos Últimos Dias trabalhavam afanosamente como abelhas, em cuja colmeia tinham escolhido como emblema. Nos campos e nas ruas se ouvia o mesmo burburinho da faina humana. Pelas estradas poeirentas desfilavam longas filas de mulas sobrecarregadas, todas rumando para o oeste, pois a febre do ouro havia irrompido na Califórnia, e a rota por terra passava pela Cidade dos Eleitos. Havia também rebanhos de ovelha e manadas de boi, que vinham das pastagens distantes, e levas de migrantes cansados, homens e cavalos igualmente exaustos pela interminável jornada. Através de toda essa mescla heterogênea e confusa, abrindo caminho com a habilidade de um consumado cavaleiro, galopava Lucy Ferrier, com o belo rosto corado pelo exercício e com os longos cabelos castanhos flutuando para trás, ao sabor do vento. Levava um recado do pai para a cidade e corria para desincumbir-se dele como tantas outras vezes já fizera, com todo o destemor da juventude, pensando apenas na tarefa e em como levá-la a cabo. Os aventureiros empoeirados olhavam para ela atônitos, e até mesmo os índios impassíveis, viajando envoltos em suas peles, relaxavam seu habitual estoicismo ao se maravilharem com a beleza da jovem cara-pálida.

Lucy tinha chegado à periferia da cidade quando encontrou a estrada bloqueada por uma manada de gado, tangida por meia dúzia de boiadeiros de aspecto selvagem, vindos das planícies. Em sua impaciência, ela se empenhou em transpor esse obstáculo, conduzindo o cavalo por onde lhe parecia haver uma brecha. Mal havia conseguido embrenhar-se um pouco, os animais se aglomeraram em torno dela, que se viu completamente espremida no meio daquela torrente de bois de olhos em brasa e longos chifres. Habituada como estava a lidar com gado, não se alarmou com a situação, mas foi aproveitando de todas as oportunidades para avançar com o cavalo, na esperança de abrir caminho em meio à manada. Infelizmente, os chifres de um desses animais, por acaso ou não, colheram violentamente o flanco do cavalo, assustando-o sobremaneira. Num instante, ele se empinou sobre as patas traseiras com um relincho de fúria, corcoveou e se agitou de tal maneira que teria arremessado da sela qualquer outro cavaleiro menos habilidoso. A situação era de todo perigosa. Cada salto do cavalo excitado o atirava novamente contra os chifres e o exasperava até a loucura. A moça fazia de tudo para se manter firme na sela, pois uma queda significaria uma morte horrível sob os cascos dos descontrolados e aterrorizados animais. Pouco afeita a súbitas emergências, sua cabeça começava a rodar e o manejo das rédeas fugia a seu controle. Sufocada pela nuvem de poeira e pelo odor de suor da manada que se debatia, teria abandonado seus esforços em desespero, se não fosse uma voz amiga a seu lado que lhe garantia ajuda. No mesmo instante, uma mão vigorosa e bronzeada segurou o cavalo assustado pelo freio e, forçando passagem entre a manada, logo a conduziu para fora.

– Não está ferida, assim espero, senhorita – disse seu salvador, respeitosamente.

Ela olhou o rosto escuro e enérgico dele e riu com vivacidade.

– Estou tremendamente apavorada – falou ela, ingenuamente. – Quem haveria de pensar que Poncho pudesse se assustar tanto no meio de algumas vacas?

– Graças a Deus que conseguiu se manter firme na sela – disse o outro em tom sério. Era um jovem alto, de aspecto rude, montado num vigoroso cavalo ruão, vestido com roupa tosca de caçador e usando um longo rifle a tiracolo. – Creio que é a filha de John Ferrier – observou ele. – Já a vi saindo a cavalo da casa dele. Ao vê-lo, pergunte-lhe se acaso se lembra de Jefferson Hope, de St. Louis. Se ele é o mesmo Ferrier que penso, foi muito amigo de meu pai.

– Não seria melhor que viesse e lhe perguntasse o senhor mesmo? – sugeriu ela, um tanto acanhada.

O jovem pareceu gostar da sugestão e seus olhos negros brilharam de contentamento.

– Vou fazer isso – disse ele. – Após dois meses nas montanhas, não estamos em condições adequadas para fazer uma visita. Deverá nos aceitar assim no momento.

– Ele tem muito a lhe agradecer, e eu também – replicou ela. – Ele é muito agarrado a mim e, se essas vacas me destroçassem, ele nunca haveria de superar isso.

– Nem eu! – disse o rapaz.

– O senhor! Bem, não vejo motivo para que isso lhe fizesse grande diferença. Nem ao menos é nosso amigo.

O rosto bronzeado do jovem caçador se tornou tão abatido diante dessa observação que Lucy Ferrier se pôs francamente a rir.

– Ora, não quis ofendê-lo – disse ela. – É claro que agora é nosso amigo. Deve vir nos visitar. Agora tenho de ir andando, senão meu pai nunca mais vai confiar em mim no tocante a seus negócios. Até logo.

– Até logo – respondeu ele, tirando seu grande chapéu e curvando-se sobre a mão dela.

Lucy virou seu cavalo, deu-lhe uma chicotada e disparou pela larga estrada, levantando uma nuvem de poeira.

O jovem Jefferson Hope continuou tangendo o gado com seus companheiros, sério e taciturno. Ele e os demais tinham estado nas montanhas de Nevada à caça de prata e estavam voltando para Salt Lake City, na esperança de levantar capital suficiente para explorar alguns minérios que tinham descoberto. Tanto como os outros, ele ficou centrado nesse negócio até que esse súbito incidente desviou seus pensamentos para outro rumo. A vista da bela moça, tão franca e saudável como a brisa da Sierra, revolveu seu vulcânico e indômito coração até as profundezas. Quando ela desapareceu da vista dele, o jovem sentiu que uma crise tinha invadido sua vida e que nem a mineração da prata nem quaisquer outras questões poderiam assumir tanta importância para ele como esse novo e absorvente fato. O amor que havia brotado em seu coração não era o súbito e volúvel capricho de um rapaz, mas antes a indomável e feroz paixão de um homem dotado de vontade férrea e de imperioso caráter. Ele tinha se acostumado a triunfar em todas as coisas que empreendia. Jurou em seu íntimo que não haveria de falhar nessa, desde que o esforço e a perseverança humanos pudessem impeli-lo a sair vitorioso.

Nessa mesma noite, ele visitou John Ferrier; e voltou muitas vezes, até que seu rosto se tornou familiar na casa da fazenda. Ferrier, confinado no vale e concentrado em seu trabalho, tivera poucas oportunidades de receber notícias do mundo exterior durante os últimos doze anos. E de tudo isso Jefferson Hope podia informá-lo e de uma forma que interessava tanto a Lucy como ao pai dela. Ele tinha sido um dos pioneiros na Califórnia e podia narrar muitas histórias estranhas de fortunas acumuladas e perdidas, naqueles tempos desvairados e fabulosos. Havia sido também caçador, explorador de prata e estancieiro. Para onde quer que tivesse soprado o vento da aventura, ali tinha estado Jefferson Hope. Logo se tornou o preferido do velho fazendeiro, que elogiava com eloquência suas virtudes. Em semelhantes ocasiões, Lucy ficava em silêncio, mas as faces coradas e seus olhos brilhantes e felizes mostravam claramente que seu jovem coração já não lhe pertencia. O honesto pai talvez não tivesse observado esses sinais, mas eles não passavam, de forma alguma, despercebidos ao homem que havia conquistado o afeto dela.

Era uma tarde de verão quando ele veio galopando pela estrada e estacou na frente do portão. Ela estava por perto e se adiantou para encontrar-se com ele. Hope atirou as rédeas na cerca e foi caminhando até ela.

– Estou de partida, Lucy – disse ele, tomando-lhe as duas mãos nas suas e fitando-a ternamente no rosto. – Não vou lhe pedir para vir comigo agora, mas você vai estar disposta a partir comigo quando eu vier da próxima vez?

– E quando vai ser isso? – perguntou ela, corando e rindo.

– Daqui a dois meses. Vou voltar para buscá-la, minha querida. Não há ninguém que possa nos separar.

– E como resolver isso com meu pai? – indagou.

– Ele já deu seu consentimento, desde que as minas produzam bem. E eu não tenho a menor dúvida a respeito.

– Oh! Bem, é claro que, se você e meu pai já trataram de tudo, não há mais nada a dizer – sussurrou ela, apoiando a face contra o largo peito dele.

– Graças a Deus! – exclamou ele, inclinando-se para beijá-la. – Então, está resolvido. Quanto mais eu ficar aqui, mais difícil será ir embora. Estão me aguardando no cânion. Adeus, minha querida. Adeus! Dentro de dois meses, você me verá.

Dizendo isso, desvencilhou-se dela e, pulando sobre o cavalo, partiu a todo galope sem nunca olhar para trás, de medo que sua resolução fraquejasse se decidisse virar-se para contemplar o que estava deixando. Ela ficou no portão, acompanhando-o com a vista até ele desaparecer ao longe. Depois voltou para casa; era a moça mais feliz de Utah.

Capítulo III
John Ferrier fala com o profeta

Três semanas tinham se passado desde que Jefferson Hope e seus companheiros haviam partido de Salt Lake City. John Ferrier sentia o coração apertado quando pensava no retorno do jovem e na iminente perda de sua filha adotiva. Ainda assim, o rosto radiante e feliz dela o deixava conformado e bem mais que qualquer outro argumento que pudesse ser aduzido. Sempre estivera determinado, do fundo de seu coração resoluto, a que nada haveria de induzi-lo a permitir que sua filha se casasse com um mórmon. Não considerava esse tipo de casamento um verdadeiro matrimônio, mas simplesmente uma vergonha e uma desonra. O que quer que pudesse pensar das doutrinas dos mórmons, nesse ponto ele era inflexível. Tinha que fechar, no entanto, sua boca sobre esse assunto, pois expressar uma opinião heterodoxa era questão muito perigosa naqueles dias na Terra dos Santos.

Sim, uma questão perigosa, tão perigosa que até os mais piedosos só ousavam sussurrar suas opiniões religiosas em voz velada, por medo de que algo que saísse de seus lábios fosse mal interpretado e lhes trouxesse um imediato castigo. As vítimas de perseguição tinham se transformado agora em perseguidores, e, por sua vez, perseguidores da pior espécie. Nem a Inquisição de Sevilha nem a Vehme Sagrada alemã, nem as sociedades secretas da Itália jamais conseguiram pôr em movimento uma máquina mais formidável do que aquela que lançava sua sombra sobre o estado de Utah.

O caráter invisível e o mistério que envolviam essa organização a tornavam duplamente terrível. Parecia onisciente e onipotente, e ainda assim não se fazia ver nem ouvir. O homem que se erguesse contra a Igreja desaparecia sem que ninguém soubesse para onde tinha ido ou o que lhe havia acontecido. A mulher e os filhos o esperavam em casa, mas nenhum pai jamais regressou para lhes contar como tinha se saído nas mãos de seus juízes secretos. Uma palavra irrefletida ou um gesto precipitado eram seguidos pela aniquilação e, no entanto, ninguém sabia qual era a natureza desse terrível poder que pairava sobre todos eles. Não era de admirar que os homens andassem com medo e tremendo e que até mesmo no coração do deserto não ousassem cochichar as dúvidas que os oprimiam.

De início, esse vago e terrível poder era exercido somente contra os recalcitrantes, que, tendo abraçado a fé dos mórmons, quisessem, mais tarde, pervertê-la ou abandoná-la. Muito cedo, porém, ampliou seu raio de ação. A provisão de mulheres adultas estava se escasseando, e a poligamia, sem uma população feminina para a qual apelar, era, na verdade, uma doutrina sem cabimento. Estranhos rumores começaram a circular, rumores de migrantes assassinados e de campos saqueados em regiões onde nunca se havia visto índios. Novas mulheres apareciam nos haréns dos anciãos, mulheres que definhavam e choravam, que traziam no rosto os vestígios de um horror inextinguível. Viajantes retardatários pelas montanhas falavam de gangues de homens armados, mascarados, furtivos e silenciosos que passavam rapidamente por eles na escuridão. Esses relatos e boatos tomavam forma e substância, e eram repetidamente corroborados, até que se resumiram num nome bem definido. Até hoje, nos ranchos solitários do oeste, o nome do bando de Danite ou dos anjos vingadores é sinistro e de mau agouro.

Um conhecimento mais completo da organização que produzia tão terríveis resultados servia para aumentar, em vez de diminuir, o horror que ela inspirava na mente dos homens. Ninguém sabia quem pertencia a essa implacável sociedade. Os nomes dos participantes dos atos sangrentos e brutais, cometidos em nome da religião, eram mantidos em estrito segredo. Até mesmo um amigo a quem se confiasse as apreensões com relação ao profeta e à missão dele poderia ser um dos que haveria de vir à noite, com ferro e fogo, para cobrar uma terrível reparação. Por isso, todo homem temia o vizinho e ninguém falava das coisas que abrigava em seu coração.

Uma bela manhã, John Ferrier estava prestes a partir para suas plantações de trigo quando ouviu girar o trinco do portão e, olhando pela janela, viu um homem forte, de cabelos louros e de meia-idade, que avançava pela trilha do jardim. O coração saltou-lhe à boca, pois não era ninguém mais que o grande Brigham Young em pessoa. Tremendo, pois sabia que semelhante visita não pressagiava nada de bom, Ferrier correu até a porta para cumprimentar o chefe mórmon. Este, porém, recebeu com frieza seus cumprimentos e o seguiu até a sala de estar com o rosto impassível.

– Irmão Ferrier – disse ele, sentando-se e olhando penetrantemente para o fazendeiro por sob suas pestanas claras –, os verdadeiros crentes têm sido bons amigos para você. Nós o recolhemos quando morria de fome no deserto, dividimos com você nosso pão e o levamos são e salvo para o Vale Sagrado, demos-lhe um bom quinhão de terras e permitimos que enriquecesse sob nossa proteção. Não é assim?

– É isso mesmo – respondeu John Ferrier.

– Em troca de tudo isso, lhe pedimos apenas uma condição: isso é, que abraçasse a verdadeira fé e se adequasse a todos os seus costumes. Foi isso que prometeu fazer, e isso, se é verdade o que se diz, você negligenciou.

– E de que modo o negligenciei? – perguntou John Ferrier erguendo as mãos em sinal de protesto. – Não tenho contribuído para o fundo comum? Não tenho frequentado o templo? Não tenho...

– Onde estão suas esposas? – perguntou Young olhando em torno. – Chame-as, para que eu possa saudá-las.

– É verdade que não me casei – retrucou Ferrier. – Mas as mulheres eram poucas e havia muitos que tinham maiores direitos do que eu. Além do mais, eu não estava só: tinha minha filha para cuidar de mim.

– É a respeito dessa filha que gostaria de falar – disse o líder dos mórmons. – Ela se tornou a flor de Utah e tem agradado aos olhos de muitos que estão entre os primeiros de nossa terra.

John Ferrier gemeu em seu íntimo.

– Há boatos sobre ela em que eu preferiria não acreditar. Boatos que a dão como noiva de um infiel. Devem ser conversas de línguas soltas. Qual é o décimo terceiro preceito do santo Joseph Smith?: "Toda moça pertencente à verdadeira fé deve se casar com um dos eleitos, pois, se desposar um infiel, comete pecado grave". Assim, é impossível que você, que professa a santa religião, possa permitir que sua filha a viole.

John Ferrier não deu qualquer resposta, mas ficou brincando nervosamente com o chicote.

– Nesse único ponto é que toda a sua fé será posta à prova. Assim foi decidido pelo Sagrado Conselho dos Quatro. Sua filha é jovem e não queremos que se case de cabelos grisalhos nem desejamos privá-la de escolha. Nós, os anciãos, temos muitas vitelas[1], mas nossos filhos também precisam ter as suas. Stangerson tem um filho, e Drebber, outro; e ambos haveriam de receber de bom grado sua filha na casa deles. Deixe que ela faça sua escolha por um deles. São jovens, ricos e pertencem à verdadeira fé. O que diz disso?

Ferrier permaneceu em silêncio por algum tempo, com as sobrancelhas carregadas.

– Gostaria que nos desse tempo – disse ele, finalmente. – Minha filha é muito jovem. Mal chegou à idade de se casar.

– Ela terá um mês para escolher – disse Young, levantando-se. – Findo esse prazo, ela deverá dar sua resposta.

Estava para passar pela porta quando se voltou, de rosto vermelho e olhos cintilantes, e trovejou:

– Seria melhor, John Ferrier, que você e sua filha estivessem agora jazendo como dois esqueletos esbranquiçados em Sierra Blanca do que opor suas débeis vontades às ordens do Sagrado Conselho dos Quatro!

Com um gesto ameaçador, atravessou a porta, e Ferrier ouviu seus pesados passos avançando pela trilha de cascalho do jardim.

Ainda estava sentado com os cotovelos apoiados nos joelhos, pensando em como haveria de falar à filha do assunto, quando uma mão suave lhe pousou no ombro; erguendo os olhos, viu-a em pé a seu lado. Um leve olhar para aquele pálido e assustado rosto lhe provou que ela tinha ouvido o que havia se passado.

– Não tinha como evitá-lo – disse ela, em resposta a seu olhar. – A voz dele ecoava em toda a casa. Oh, meu pai, meu pai, o que vamos fazer?

– Não entre em pânico – disse ele, puxando-a para junto de si

---

[1] Herber C. Kemball, em um dos seus sermões, referia-se a suas 100 mulheres com esse afetuoso epíteto (N.A.).

e passando sua larga e calosa mão carinhosamente nos cabelos castanhos dela. – De um modo ou de outro, vamos encontrar uma saída. Você não mudou de ideia a respeito desse rapaz, não é?

Um soluço e uma leve pressão na mão dele foram a única resposta de Lucy.

– Não, claro que não. Nem eu gostaria de ouvi-la dizer que mudou. Ele é um simpático rapaz e um bom cristão, o que já é mais do que essa gente aqui, apesar de todas as suas orações e sermões. Amanhã parte um grupo para Nevada e vou dar um jeito para enviar ao jovem uma mensagem, contando-lhe tudo o que está acontecendo conosco. Se não me engano a respeito desse jovem, ele deverá estar aqui de volta mais depressa que o telégrafo.

Lucy riu por entre as lágrimas diante da comparação do pai.

– Quando ele vier, vai nos aconselhar sobre o melhor a fazer. Mas é pelo senhor que sinto medo, querido. Ouvem-se... ouvem-se histórias tão terríveis sobre aqueles que se opõem ao profeta: qualquer coisa de horrível sempre lhes acontece.

– Mas ainda não nos opusemos a ele – retrucou o pai. – Haverá tempo para procurar um abrigo da tempestade. Temos um mês inteiro pela frente; antes do final desse prazo, acho que é melhor sair de Utah.

– Deixar Utah?

– Essa seria a solução.

– E a fazenda?

– Vamos juntar todo o dinheiro que pudermos e deixar o resto para trás. Para dizer a verdade, Lucy, não é a primeira vez que pensei em fazer nisso. Não gosto de me sujeitar a qualquer homem, como essa gente faz com seu maldito profeta. Sou um cidadão americano livre e não me habituo a essas coisas. Acho que estou demasiado velho para aprender. Se ele passar a vir se meter nessa fazenda, é provável que ele tenha de fugir correndo diante de uma carga de balas no encalço dele.

– Mas eles não vão nos deixar partir – objetou a filha.

– Espere até que Jefferson chegue, e logo vamos tratar disso. Por enquanto, não se aflija, minha querida, nem fique de olhos inchados, senão ele pode vir e me indagar a respeito. Não precisa ter medo; ainda não há perigo algum.

John Ferrier pronunciou essas consoladoras observações num tom muito confiante, mas ela não pôde deixar de notar que, nessa noite, ele dispensou uma atenção incomum às trancas das portas e limpou e carregou cuidadosamente a velha espingarda enferrujada que estava dependurada na parede do quarto.

Capítulo IV
Uma fuga pela vida

Na manhã que se seguiu à conversa com o profeta mórmon, John Ferrier foi a Salt Lake City e, encontrando-se com seu conhecido que estava prestes a partir para as montanhas de Nevada, confiou-lhe uma mensagem para Jefferson Hope. Nessa, ele expunha ao jovem o iminente perigo que os ameaçava e a premência de seu imediato retorno. Feito isso, sentiu-se aliviado e voltou para casa com o coração mais leve.

Ao aproximar-se da fazenda, ficou surpreso ao ver dois cavalos amarrados em cada um dos postes do portão. Ainda mais surpreso ficou ao entrar em casa e encontrar dois jovens instalados em sua sala de estar. Um deles, de rosto alongado e pálido, estava reclinado na cadeira de balanço, com os pés apoiados sobre o fogão. O outro, um jovem de pescoço de touro e feições intumescidas e grosseiras, estava de pé, na frente da janela, com as mãos nos bolsos, assobiando uma canção popular. Ambos fizeram uma reverência quando Ferrier entrou, e aquele que estava sentado na cadeira de balanço começou a conversa.

– Talvez o senhor não nos conheça – disse ele. – Este aqui é o filho do ancião Drebber e eu sou Joseph Stangerson, que viajou com o senhor no deserto, quando o Senhor estendeu a mão e o acolheu no verdadeiro rebanho.

– Como haverá de fazer com todas as nações quando soar a hora – disse o outro, com uma voz anasalada. – Ele mói devagar, mas sua farinha é delicadamente fina.

John Ferrier inclinou a cabeça friamente. Já fazia ideia de quem eram seus visitantes.

– Viemos aqui – continuou Stangerson – a conselho de nossos pais, a fim de pedir a mão de sua filha para aquele que dentre nós pareça ser bom para o senhor e para ela. Como tenho só quatro esposas e o irmão Drebber tem sete, parece-me que tenho mais direito que ele.

– Não, não, irmão Stangerson! – exclamou o outro. – A questão não é o número de mulheres que temos, mas quantas podemos sustentar. Meu pai acaba de me dar os moinhos dele e sou, portanto, mais rico que você.

– Mas minhas perspectivas são melhores – disse o outro, calorosamente. – Quando o Senhor chamar meu pai, vou ser dono do curtume dele e do estabelecimento comercial de couros. Além disso, sou mais velho e tenho um cargo mais elevado na Igreja.

– A moça é que vai decidir – concluiu o jovem Drebber, sorrindo afetadamente para a própria imagem no espelho. – Vamos deixar a decisão nas mãos dela.

Durante esse diálogo, John Ferrier tinha ficado espumando de raiva na soleira da porta, contendo a custo a vontade de chicotear as costas dos dois visitantes.

– Vejam bem – disse ele, finalmente, avançando na direção deles –, quando minha filha mandar chamá-los, podem vir, mas até lá não quero ver a cara de vocês de novo.

Os dois jovens mórmons fitaram-no com espanto. Aos olhos deles, aquela competição pela mão da moça era a maior das honras, tanto para ela como para o pai.

– Há duas maneiras de sair da sala – gritou Ferrier. – Pela porta ou pela janela. Qual preferem?

Seu rosto escuro se configurava tão feroz e suas mãos descarnadas tão ameaçadoras que os visitantes pularam de pé e bateram em rápida retirada. O velho fazendeiro os seguiu até a porta.

– Avisem-me quando tiverem resolvido qual dos dois será o verdadeiro pretendente – disse ele, sarcasticamente.

– Vai pagar caro por isso – gritou Stangerson, branco de raiva. – Desafiou o profeta e o Conselho dos Quatro. Vai se arrepender até o fim de seus dias.

– A mão do Senhor vai cair pesadamente sobre você – gritou o jovem Drebber. – Ela se erguerá e o punirá.

– Pois, então, eu vou começar a punição! – exclamou Ferrier, furiosamente, e teria corrido escada acima em busca de sua arma se Lucy não o tivesse puxado pelo braço e o impedido. Antes que ele pudesse se desvencilhar dela, o bater dos cascos dos cavalos lhe dizia que ambos já estavam fora de seu alcance.

– Jovens hipócritas e tratantes! – exclamou ele, enxugando o suor da testa. – Prefiro vê-la morta no caixão, minha filha, a vê-la casada com um desses dois.

– E eu também prefiro a morte, pai – replicou ela, com firmeza. – Mas Jefferson logo vai estar de volta.

– Sim. Não tardará muito a chegar. Quanto mais cedo melhor, pois não sabemos qual vai ser o próximo lance deles.

Era, na verdade, a ocasião propícia para que alguém capaz de dar conselho e auxílio chegasse em apoio ao velho e resoluto fazendeiro e a sua filha adotiva. Em toda a história da colônia, nunca houvera semelhante caso de rematada desobediência à autoridade dos anciãos. Se erros menores eram punidos tão rigorosamente, qual não seria o destino daquele rebelde contumaz? Ferrier sabia que sua riqueza e sua posição de nada lhe valeriam. Outros, tão conhecidos e tão ricos como ele, já tinham sido eliminados e seus bens repassados à Igreja. Ele era um homem corajoso, mas tremia ante o terror vago e sombrio que pairava sobre ele. Teria enfrentado qualquer perigo manifesto de peito aberto, mas essa incerteza era enervante. Escondeu da filha, no entanto, seus temores, e fingia estar preparado para tudo, mas Lucy, com o olhar penetrante do afeto, via claramente que ele estava apreensivo.

Ele esperava receber alguma mensagem ou admoestação da parte de Young com relação à sua conduta; e não estava enganado, embora viesse de uma forma imprevista. Ao levantar-se na manhã seguinte, encontrou, para sua surpresa, um pequeno retângulo de papel preso por um alfinete nas cobertas de sua cama, exatamente na altura do peito. Em letras garrafais e distanciadas, estava escrito:

*"Vinte e nove dias lhe são dados
para que você se emende, e então..."*

As reticências inspiravam mais medo que qualquer ameaça explícita. Como essa advertência havia sido posta dentro de seu quarto era o que deixava John Ferrier extremamente perplexo, pois seus criados dormiam numa construção isolada e todas as portas e janelas tinham sido trancadas. Ele amassou o papel e nada disse à filha, mas o incidente o arrepiou inteiramente. Os 29 dias eram evidentemente os restantes do mês de prazo que Young lhe havia prometido. De que poderiam lhe valer a força ou a coragem contra um inimigo armado de tais poderes misteriosos? A mão que havia enfiado aquele alfinete poderia tê-lo golpeado no coração, sem lhe dar tempo para saber quem o assassinava.

Ainda mais abalado ficou na manhã seguinte. Mal se haviam sentado à mesa para o café quando Lucy, com uma exclamação de surpresa, apontou para cima. No meio do teto estava rabiscado, aparentemente com a ponta de um tição, o número 28. Para a filha, aquilo era incompreensível e ele não lhe deu esclarecimentos a respeito. Nessa noite, ficou de pé com sua arma, de guarda e em vigília. Não viu nem ouviu absolutamente nada e, ainda sim, um grande 27 apareceu pintado do lado de fora de sua porta.

    Assim se seguiram os dias; e, tão certo como a manhã chegava, ele constatava que seus inimigos invisíveis tinham mantido o registro e haviam marcado em lugar acessível à vista quantos dias lhe restavam do mês de graça. Às vezes, os números fatais apareciam nas paredes, outras, no assoalho, ocasionalmente em pequenos cartazes enfiados no portão do jardim ou nas grades da cerca. Com toda a sua vigilância, John Ferrier não conseguiu descobrir de onde vinham aquelas advertências diárias. Um terror quase supersticioso o invadia à vista de cada uma delas. Tornou-se abatido, agitado e seus olhos tinham a perturbada expressão de um animal acossado. Restava-lhe agora uma única esperança na vida, que era a chegada, de Nevada, do jovem caçador.

    Os 20 dias se haviam tornado 15, e os 15 já tinham passado para 10, mas não havia notícias do ausente. Um a um os números iam diminuindo e nem sinal da chegada dele. Sempre que um cavaleiro galopava pela estrada ou um carroceiro gritava para suas parelhas, o velho fazendeiro corria ao portão, pensando que, finalmente, a ajuda havia chegado. Por fim, quando viu cinco dias darem lugar a quatro e os quatro se reduzirem a três, perdeu o ânimo e toda a esperança de fuga. Sozinho e com limitado conhecimento das montanhas que cercavam a colônia, sabia que nada podia fazer. As estradas mais frequentadas eram severamente vigiadas e guardadas, e ninguém podia passar por elas sem uma ordem do Conselho. Para qualquer lado que se voltasse, não lhe parecia haver meios de evitar o golpe que pairava sobre ele. Ainda assim, o velho nunca vacilou em sua resolução de antes perder a vida do que consentir naquilo que considerava a desonra de sua filha.

    Uma noite estava sentado em casa, sozinho, meditando profundamente sobre suas aflições e procurando em vão um meio de afastá-las. Aquela manhã havia mostrado o número 2 na parede de sua casa, e o dia seguinte seria o último do prazo concedido. O que haveria de acontecer, então? Toda espécie de vagas e terríveis elucubrações povoavam sua imaginação. E a filha... que seria da filha depois da morte dele? Não haveria como fugir da rede invisível que os envolvia totalmente? Deixou cair a cabeça sobre a mesa e passou a soluçar ante o pensamento da própria impotência.

Mas o que era aquilo? No silêncio, ele ouviu um leve rumor de algo raspando, fraco, mas bem distinto, na quietude da noite. Ferrier moveu-se lentamente até o hall e apurou o ouvido. Houve uma pausa de alguns momentos e então o baixo e insidioso rumor se repetiu. Alguém estava evidentemente batendo muito de leve numa das folhas da porta. Seria algum assassino na calada da noite que teria vindo para executar as ordens sanguinárias do tribunal secreto? Ou algum emissário que estava assinalando que o último dia de graça havia chegado? John Ferrier sentiu que a morte instantânea seria melhor que semelhante incerteza, que lhe abalava os nervos e gelava seu coração. De um salto, tirou a tranca e escancarou a porta.

Lá fora, tudo estava calmo e silencioso. A noite era límpida e as estrelas cintilavam com intenso brilho no céu. O pequeno jardim da frente, delimitado pela cerca e pelo portão, estava diante dos olhos do fazendeiro, mas nem ali nem na estrada se enxergava quem quer que fosse. Com um suspiro de alívio, Ferrier olhou para a direita e para a esquerda, até que, olhando diretamente para baixo e para os próprios pés, viu com espanto um homem estendido por terra, com braços e pernas abertos.

Tão apavorado ficou à vista daquilo, que se encostou na parede e levou a mão à boca, como para sufocar seu ímpeto de gritar. Seu primeiro pensamento foi de que a figura prostrada era um homem ferido ou moribundo, mas, ao observá-lo, viu que se arrastava pelo chão e entrou no hall com a rapidez e o silêncio de uma serpente.

Uma vez dentro de casa, o homem saltou em pé, fechou a porta e revelou ao atônito fazendeiro o rosto altivo e a expressão resoluta de Jefferson Hope.

– Meu bom Deus! – suspirou John Ferrier. – Que susto me deu! O que é que fez você entrar desse jeito?

– Dê-me de comer – disse o outro, com voz rouca. – Faz 48 horas que não ponho nada na boca por falta de tempo. – E se atirou sobre a carne fria e sobre o pão que ainda sobravam, na mesa, do jantar do dono e os devorou vorazmente.

– Lucy está bem? — perguntou ele, depois de aplacar sua fome.

– Sim. Ela ignora o perigo – respondeu o pai.

– Tanto melhor. A casa está vigiada por todos os lados. Foi por isso que vim rastejando até aqui. Eles podem ser uns espertos danados, mas não bastante espertos para apanhar um caçador do condado de Washoe.

John Ferrier sentia-se outro homem agora, ao perceber que contava com um fiel aliado. Tomando a mão áspera do jovem, apertou-a cordialmente.

– Você é um homem de quem sinto orgulho – disse ele. – Não são muitos os homens que se arriscariam a compartilhar de nosso perigo e de nossas dificuldades.

– Parece que acertou, parceiro – respondeu o jovem caçador. – Eu lhe devoto todo o meu respeito, mas, se o senhor estivesse sozinho nesse caso, eu pensaria duas vezes antes de pôr minha cabeça nesse ninho de vespas. É Lucy que me traz aqui e, antes que ela sofra qualquer dano, acho que vai haver um homem a menos na família Hope de Utah.

– O que devemos fazer?

– Amanhã é seu último dia e, se não agir esta noite, está perdido. Tenho uma mula e dois cavalos à espera, na Ravina da Águia. Quanto dinheiro o senhor tem?

– Dois mil dólares em ouro e cinco em papel-moeda.
– Isso é o suficiente. Tenho outro tanto comigo. Podemos chegar a Carson City através das montanhas. É melhor acordar Lucy. A sorte é que os criados não dormem dentro de casa.

Enquanto Ferrier se ausentou, preparando a filha para a jornada que se aproximava, Jefferson Hope recolheu num farnel todos os víveres que pôde encontrar e encheu uma bilha de água, pois sabia por experiência que os mananciais da montanha eram poucos e muito distantes um do outro. Mal tinha feito essas provisões quando o fazendeiro retornou com a filha, vestida e pronta para partir. Os cumprimentos dos namorados foram calorosos, mas breves, porque os minutos eram preciosos e havia muito a fazer.

– Devemos partir imediatamente – disse Jefferson Hope, falando em voz baixa e resoluta, como quem avalia a extensão do perigo, mas está preparado para enfrentá-lo. – As portas da frente e de trás estão sendo vigiadas, mas com toda a precaução podemos sair pela janela do lado e atravessar o campo. Uma vez na estrada, estaremos a apenas duas milhas da Ravina, onde se encontram os cavalos. Por volta da madrugada, já estaremos a meio caminho através das montanhas.

– E se formos detidos? – perguntou Ferrier.

Hope bateu com a mão no cabo do revólver, que se sobressaía na parte frontal de sua túnica.

– Se forem em demasiado número para nós, levaremos dois ou três conosco – disse ele, com um sorriso sombrio.

As luzes do interior da casa foram apagadas e, da janela escura, Ferrier perscrutou os campos que tinham sido seus e que agora estavam prestes a ser abandonados para sempre. Há muito, no entanto, havia se encorajado para o sacrifício, e o pensamento da honra e da felicidade da filha contrabalançavam qualquer pesar diante dessa fortuna arruinada. Tudo parecia tão sossegado e feliz, no roçar das árvores e na ampla e silenciosa extensão do trigal, que era difícil acreditar que o espectro da morte espreitava através de tudo isso. Ainda assim, o rosto pálido e apreensivo do jovem caçador demonstrava que, ao aproximar-se da casa, ele havia visto o suficiente para saber o que podiam esperar.

Ferrier carregava a bolsa com o ouro e o dinheiro, Jefferson, as escassas provisões e a água, enquanto Lucy levava uma pequena trouxa que continha alguns de seus pertences mais valiosos. Abrindo a janela bem devagar e com o maior cuidado, esperaram até que uma nuvem negra escurecesse um pouco mais o céu e então, um a um, saltaram da janela para o pequeno jardim. Com a respiração suspensa e engatinhando, atravessaram-no e assim chegaram ao abrigo da sebe, ao longo da qual andaram até alcançar a abertura que dava para os campos de trigo. Mal tinham chegado a esse ponto quando o jovem segurou seus dois companheiros e os arrastou para um local mais escuro, onde ficaram calados e trêmulos.

Que bom que a vida transcorrida nas pradarias tinha dado a Jefferson Hope um ouvido extremamente agudo. Logo depois que ele e seus amigos tinham se agachado, ouviram o melancólico pio de uma coruja das montanhas a poucos metros, imediatamente respondido por outro pio a pequena distância. No mesmo instante, um vulto sombrio e indefinido emergiu da abertura, para a qual eles haviam se dirigido antes, e emitiu novamente aquele grito queixoso; a esse sinal, um segundo homem apareceu na escuridão.

– Amanhã, à meia-noite – disse o primeiro, com voz de quem tem o comando. – Quando a coruja piar três vezes.

– Entendido – replicou o outro. – Devo avisar o irmão Drebber?

– Passe-lhe a senha, e ele que a passe adiante aos outros. Nove por sete!

– Sete por cinco! – respondeu o outro; e os dois vultos desapareceram em direções opostas.

As últimas palavras eram, evidentemente, uma espécie de senha e contrassenha. Logo que os passos deles se perderam na distância, Jefferson Hope se pôs de pé, ajudou os companheiros a passar pela abertura da sebe e os guiou através dos campos a toda pressa, auxiliando e quase carregando a jovem quando as forças pareciam lhe faltar.

– Depressa, depressa! – dizia ele, de quando em quando. – Estamos passando pela linha das sentinelas. Tudo depende da rapidez. Depressa!

Chegando à estrada principal, puderam ganhar terreno mais rapidamente. Somente uma vez encontraram alguém, mas conseguiram se esconder no trigal, evitando assim serem reconhecidos. Antes de chegar à cidade, o caçador enveredou por uma acidentada e estreita trilha que levava para as montanhas. Dois picos negros e denteados assomavam acima deles na escuridão, e o desfiladeiro que passava entre eles era a Ravina da Águia, onde os cavalos os esperavam. Com instinto infalível, Jefferson Hope abria caminho entre os grandes rochedos e pelo leito seco de um rio intermitente, até chegar ao local retirado, protegido pelas rochas, onde os fiéis animais tinham sido deixados. A jovem foi posta em cima da mula, e o velho Ferrier montou num dos cavalos com sua bolsa de dinheiro, enquanto Jefferson Hope conduzia o outro animal ao longo do caminho escarpado e perigoso.

Era uma rota desconcertante para quem não estivesse acostumado a lidar com a natureza sob seus piores aspectos. De um lado, se erguia um enorme penhasco rochoso, de 300 metros de altura ou mais, negro, sinistro e ameaçador, com longas colunas de basalto por sobre sua superfície acidentada, como se fossem as costelas de algum monstro petrificado. Do outro, um caos de rochas e pedras soltas tornava impossível qualquer avanço. No meio corria a trilha irregular, tão estreita em certos lugares, que os obrigava a seguir em fila indiana, e tão áspera que somente cavaleiros experientes teriam conseguido andar por ela. Ainda assim e apesar de todos os perigos e dificuldades, os fugitivos sentiam o coração leve, porque cada passo aumentava a distância entre eles e o terrível despotismo de que fugiam.

Bem cedo, no entanto, tiveram uma prova de que ainda estavam dentro dos limites da jurisdição dos mórmons. Eles haviam alcançado a parte mais inóspita e desolada do desfiladeiro quando a jovem deu um grito de surpresa e apontou para cima. Num rochedo que dominava a trilha, lá estava, mostrando-se escura e claramente contra o céu, uma sentinela solitária. Viu-os ao mesmo tempo em que eles a haviam percebido; a interpelação militar de "Quem vem lá?" imediatamente reboou pelo silêncio da ravina.

– Viajantes para Nevada – disse Jefferson Hope, com a mão no rifle que pendia da sela.

Eles podiam ver o guarda solitário apontando a arma e perscrutando-os como se não tivesse ficado satisfeito com a resposta.

– Com permissão de quem? – perguntou ele.

– Dos Quatro Santos – respondeu Ferrier. Suas experiências com os mórmons lhe haviam ensinado que aquela era a mais alta autoridade a que podia se referir.

– Nove por sete! – gritou a sentinela.

– Sete por cinco! – tornou prontamente Jefferson Hope, lembrando-se da contrassenha que ouvira no jardim.

– Passem e que o Senhor os acompanhe – disse a voz lá de cima.

Além desse posto, o caminho se alargava e os cavalos puderam andar a trote. Olhando para trás, eles puderam ver o guarda solitário inclinado sobre sua arma e, assim, tiveram certeza de que tinham ultrapassado o último posto do povo eleito e que a liberdade estava à frente deles.

Capítulo V
Os anjos vingadores

Durante toda a noite, seguiam o percurso por entre intrincados desfiladeiros e trilhas irregulares, cobertas de pedras. Mais de uma vez perderam o rumo, mas o profundo conhecimento que Hope tinha das montanhas os levava a encontrar novamente a trilha certa. Quando rompeu a manhã, um cenário maravilhoso, embora selvagem, se abriu diante deles. Em todas as direções, os grandes picos nevados os cercavam, escondido um atrás do outro até se perderem no horizonte. E tão abruptas eram suas paredes rochosas, de um e de outro lado, que os lariços e os pinheiros pareciam estar suspensos acima da cabeça dos viajantes, necessitando apenas de um golpe de vento para tombar, rolando sobre eles. Esse medo não era inteiramente imaginário, pois o estéril vale estava juncado de troncos e pedras que tinham despencado desse modo. E, no exato momento em que passavam, uma grande rocha rolou fragorosamente pela encosta abaixo, com um rouco estrondo, que despertou o eco nas gargantas silenciosas e fez os exaustos cavalos partirem a galope.

Assim que o sol foi surgindo lentamente no horizonte a leste, os cumes das grandes montanhas foram se iluminando um após outro, como lâmpadas num festival, até ficarem avermelhados e cintilantes. O magnífico espetáculo reanimou o coração dos três fugitivos, dando-lhes novas energias. Eles pararam perto de uma impetuosa torrente que brotava de uma ravina e deram de beber aos cavalos, enquanto dividiam um breve café da manhã. Lucy e seu pai teriam repousado um pouco mais, mas Jefferson Hope foi inexorável:

– A essa altura, eles já devem estar em nosso encalço – disse ele.
– Tudo depende da nossa rapidez. Uma vez sãos e salvos em Carson City, poderemos descansar pelo resto de nossa vida.

Durante todo aquele dia continuaram sua luta através dos desfiladeiros e, no final da tarde, calculavam que já deviam estar 30 milhas à frente de seus inimigos. Quando caiu a noite, escolheram a base de um rochedo saliente, que oferecia abrigo contra o vento gelado, e ali, aconchegados uns aos outros para se aquecerem, gozaram de algumas horas de sono. Antes da aurora, porém, já estavam de pé e novamente a caminho. Não viram qualquer sinal de seus perseguidores, e Jefferson Hope começava a pensar que estavam finalmente fora do alcance da terrível organização, em cuja ira haviam incorrido. Mal sabia ele até onde aquela mão de ferro poderia chegar ou com que rapidez se fecharia sobre eles e os esmagaria.

Em torno da metade do segundo dia de fuga, suas diminutas provisões começaram a escassear. Isso, no entanto, não preocupava o jovem caçador, pois havia caça à mão nas montanhas e, com frequência, em outras ocasiões tinha dependido de seu rifle para prover seu sustento. Escolhendo um recesso abrigado, empilhou alguns ramos secos e fez uma bela fogueira para que seus companheiros pudessem se aquecer, pois estavam agora perto de 1.500 metros acima do nível do mar, e o vento era frio e cortante. Depois de amarrar os cavalos e despedir-se de Lucy, ele pôs a arma ao ombro e saiu em busca do que pudesse cruzar seu caminho. Olhando para trás, viu o velho e a moça agachados perto do fogo, enquanto os três animais permaneciam imóveis, mais ao fundo. Depois, os rochedos do caminho esconderam-nos de sua vista.

Ele andou um bom tempo entre uma ravina e outra sem nada encontrar, embora pelas marcas nas cascas das árvores e por outras indicações julgasse que havia numerosos ursos pelas vizinhanças. Finalmente, após duas ou três horas de busca infrutífera, já estava pensando em voltar, desesperado, quando, ao erguer os olhos, viu uma silhueta que lhe causou um frêmito de satisfação. No topo de um saliente pináculo, a uma razoável distância acima dele, estava um animal um pouco parecido com um carneiro, mas armado de um par de chifres gigantes. O chifrudo, pois assim é chamado por ali, estava provavelmente montando guarda para um rebanho invisível ao caçador, mas, felizmente, estava voltado para a direção oposta e não o tinha notado. Deitando-se no chão, Hope apoiou o rifle sobre uma rocha e mirou longa e firmemente antes de apertar o gatilho. O animal deu um salto no ar, contorceu-se um instante à beira do precipício e então veio caindo pelo vale abaixo.

O animal era pesado demais para carregar; assim, o caçador se contentou em cortar-lhe uma coxa e parte do flanco. Com esse troféu nos ombros, apressou-se em regressar, pois a noite já se aproximava. Mal havia começado a andar e logo percebeu a dificuldade que tinha pela frente. Em sua ânsia, ele havia ultrapassado as ravinas que conhecia e não era nada fácil descobrir o caminho pelo qual tinha vindo. O vale em que se encontrava se dividia e se subdividia em muitas gargantas, tão parecidas umas com as outras que era impossível distingui-las. Enveredou por uma delas por mais de uma milha até chegar a uma torrente que tinha toda a certeza de nunca ter visto antes. Convencido de que havia tomado o rumo errado, tentou outro, mas com o mesmo resultado. A noite caía rapidamente e estava quase escuro quando, finalmente, se viu num desfiladeiro que lhe era familiar. Mesmo assim, não era fácil seguir a trilha certa, porque a lua ainda não havia surgido e os altos penhascos de cada lado tornavam a escuridão ainda mais profunda. Oprimido pela carga e exausto pela fadiga, avançava cambaleando, mantendo a firmeza de ânimo ao pensar que cada passo o levava para mais perto de Lucy e que carregava nas costas provisão suficiente para o resto da jornada dos três.

Chegava agora à boca do desfiladeiro onde os tinha deixado. Mesmo na escuridão, conseguia reconhecer a linha dos penhascos que o compunham. Deviam estar esperando por ele ansiosamente, pensava, pois estivera ausente cerca de cinco horas. Com o coração cheio de alegria, pôs as mãos em concha à boca e fez o vale estreito ecoar um grito prolongado, sinal de que estava chegando. Parou um pouco e ficou à escuta de uma resposta. Nada ouviu além do próprio grito, que retinia pelas sombrias e silenciosas ravinas e era devolvido a seus ouvidos por incontáveis repetições. Voltou a gritar, mais alto ainda, e novamente nenhum sussurro lhe veio dos amigos que havia deixado fazia tão pouco tempo. Um terror vago e inominável se apoderou dele e se precipitou freneticamente para o desfiladeiro, deixando para trás, em sua agitação, a preciosa carga.

Quando dobrou a curva, logo viu o lugar onde tinha acendido a fogueira. Ainda restavam alguns tições em brasa no meio das cinzas, mas evidentemente não haviam posto mais lenha desde que ele partira. O mesmo silêncio mortal reinava em toda a redondeza. Com o receio transformado em certeza, Jefferson passou a correr. Não havia nenhuma criatura viva perto dos restos da fogueira: os animais, o velho, a jovem, todos tinham desaparecido. Era demasiado claro que ocorrera algo de súbito e terrível durante sua ausência. Um desastre que havia envolvido a todos e, ainda assim, sem deixar qualquer vestígio.

Desnorteado e atordoado por aquele golpe, Jefferson Hope sentiu a cabeça rodar e teve de se apoiar no rifle para não cair. Mas era essencialmente um homem de ação e bem depressa se recuperou de sua impotência temporária. Tomando um tição da fogueira praticamente extinta, soprou-o até criar chamas e, com ele, passou a examinar o pequeno acampamento. O chão estava todo marcado de cascos de cavalo, mostrando que um grande número de homens montados havia capturado os fugitivos, e a direção das pegadas indicava claramente que eles tinham voltado para Salt Lake City. Teriam levado com eles seus dois companheiros? Jefferson Hope estava quase persuadido de que assim tinham feito quando seus olhos deram com algo que fez todos os seus nervos tinirem. Pouco mais adiante, de um lado do acampamento, havia um montículo de terra avermelhada, que seguramente não estava ali antes. Não era possível tomá-lo por outra coisa a não ser por uma sepultura recente. Aproximando-se, o jovem caçador percebeu que uma forquilha estava fincada numa das extremidades do túmulo, com uma folha de papel presa nela. A inscrição nesse papel era breve, mas eloquente:

> ***JOHN FERRIER,***
> ***ANTERIORMENTE DE SALT LAKE CITY,***
> *Falecido no dia 4 de agosto de 1860.*

O vigoroso velho, que havia deixado pouco tempo antes, tinha então partido e esse era todo o seu epitáfio. Jefferson Hope olhou desesperadamente em torno para ver se havia uma segunda sepultura, mas não viu qualquer sinal de outra. Lucy havia sido levada de volta por seus terríveis perseguidores, a fim de cumprir seu destino original, tornando-se uma das mulheres do harém do filho de um dos anciãos. Quando o jovem teve certeza do destino dela e se deu conta de sua incapacidade de evitá-lo, desejou que, ao lado do velho fazendeiro, também ele já estivesse em sua última e silenciosa morada.

Novamente, porém, seu espírito ativo sacudiu a letargia que brotava de seu desespero. Se nada mais lhe restava agora, poderia pelo menos dedicar sua existência à vingança. Com inquebrantável paciência e perseverança, Jefferson Hope possuía também vigor para alimentar o espírito de vingança, que podia ter aprendido dos índios, entre os quais havia vivido. Enquanto permanecia de pé, ao lado do fogo solitário, sentiu que a única coisa que poderia mitigar sua dor seria a estrita e total retribuição, aplicada com as próprias mãos, contra seus inimigos. Decidiu que sua vontade férrea e sua inesgotável energia seriam doravante dedicadas a esse fim. Com o rosto austero e pálido, voltou ao lugar onde deixara cair a caça e, reacendendo o fogo moribundo, assou carne suficiente para alguns dias. Reuniu-a numa espécie de farnel e, cansado como estava, começou a caminhar de volta pelas montanhas, seguindo a mesma trilha dos anjos vingadores.

Durante cinco dias ele andou lentamente, com os pés feridos e exausto, pelos desfiladeiros que já havia atravessado a cavalo. À noite, ele se jogava sobre as rochas e cochilava umas poucas horas, mas antes do raiar do dia estava novamente a caminho. No sexto dia, chegou à Ravina da Águia, de onde havia começado sua desventurada fuga. Dali, ele conseguia ver toda a terra dos mórmons. Abatido e exausto, apoiou-se no rifle e ergueu ferozmente o punho descarnado contra a silenciosa e esparramada cidade abaixo dele. Ao olhar para ela, notou que havia bandeiras em algumas das ruas principais e outros sinais de festa. Estava ainda refletindo sobre o que significava aquilo quando ouviu o estrépito de cascos de cavalo e viu um homem montado que vinha na direção dele. Quando o cavaleiro chegou mais perto, reconheceu-o como sendo um mórmon chamado Cowper, a quem tinha prestado favores por diversas vezes. Aproximou-se dele, portanto, com o objetivo de saber qual tinha sido o destino de Lucy.

– Sou Jefferson Hope – disse ele. – Deve lembrar-se de mim.

O mórmon olhou-o com indisfarçável espanto. Na verdade, era difícil reconhecer nesse andarilho esfarrapado e desgrenhado, de rosto branco como um fantasma e de olhos fogosos e bravios, o aprumado jovem caçador de dias antes. Dando-se, finalmente, por satisfeito por sua identificação, a surpresa do homem se transformou em consternação.

– Você é louco por arriscar-se a vir aqui – exclamou ele. – Eu mesmo, se virem que estou falando com você, vou certamente pagar com a vida. Há uma ordem de captura contra você, expedida pelos Quatro Santos, por ter ajudado os Ferrier a fugir.

– Não tenho medo deles nem da ordem que expediram – disse Hope, seriamente. – Você deve saber alguma coisa a respeito desse assunto, Cowper. Peço-lhe, por tudo quanto é sagrado, que me responda a algumas perguntas. Sempre fomos bons amigos. Pelo amor de Deus, não se recuse a me responder.

– De que se trata? – perguntou o mórmon, apreensivo. – Seja breve. As próprias rochas têm ouvidos e as árvores têm olhos.

– Que aconteceu a Lucy Ferrier?

– Casou-se ontem com o jovem Drebber. Ânimo, homem, ânimo! Parece que está morrendo.

– Não se preocupe comigo – disse Hope, com voz lânguida. Branco como uma vela, deixara-se cair sobre a rocha na qual estava apoiado. – Casou-se, você diz?

– Casou-se ontem. É por isso que há todas aquelas bandeiras na Casa das Doações. Houve uma discussão entre o jovem Drebber e o jovem Stangerson sobre quem ficaria com ela. Os dois fizeram parte do grupo que perseguiu os Ferrier, e Stangerson matou o pai da moça, o que parecia dar-lhe mais direitos sobre ela; mas o caso foi discutido no conselho, e o grupo de Drebber era mais forte, de modo que o profeta a deu para ele. Só que ninguém vai tê-la por muito tempo, porque ainda ontem vi a morte em seu rosto. Ela mais parece um fantasma que uma mulher. Já vai andando, então?

– Sim, vou andando – respondeu Jefferson Hope, que se havia levantado. Seu rosto parecia ter sido esculpido em mármore, tão dura e imóvel era sua expressão, mas seus olhos em brasa refletiam um brilho fatal.

– Para onde vai?

– Pouco importa – respondeu ele –, e, acomodando a arma nos ombros, partiu a passos largos em direção a uma garganta e embrenhou-se no coração das montanhas, até os antros dos animais selvagens. Entre todos eles não havia um que fosse tão feroz ou perigoso como ele próprio.

A predição do mórmon se concretizou rapidamente. Fosse pela terrível morte do pai ou como decorrência do odioso casamento a que havia sido forçada, a pobre Lucy nunca mais ergueu a cabeça, foi definhando e morreu um mês depois. O grosseiro marido, que a desposara, principalmente por causa dos bens de Ferrier, não se mostrou transtornado com a perda, mas suas demais esposas choraram a morte da jovem e, na noite antes do enterro, velaram o corpo dela, como é costume entre os mórmons. Elas estavam reunidas em torno do caixão durante a madrugada, quando viram, para seu inexpressível espanto e terror, a porta abrir-se violentamente e um homem de aspecto sinistro, açoitado pelas intempéries e com roupas esfarrapadas, entrar na sala. Sem olhar nem dizer palavra para as mulheres apavoradas, encaminhou-se para a branca e silenciosa figura que um dia abrigara a alma pura de Lucy Ferrier. Inclinando-se sobre ela, comprimiu reverentemente os lábios na fria testa da falecida e então, tomando a mão dela, tirou-lhe a aliança do dedo.

"Não será enterrada com isso", rosnou ele, e, antes que fosse dado qualquer alarme, desceu as escadas e desapareceu. Tão estranho e tão breve foi o episódio que as próprias testemunhas teriam achado difícil acreditar nele ou persuadir outras pessoas a acreditar, se não fosse o fato indiscutível de ter desaparecido o pequeno aro de ouro que indicava o casamento daquela que jazia morta.

Durante alguns meses, Jefferson Hope andou errante pelas montanhas, levando uma estranha vida selvagem e nutrindo em seu coração o feroz desejo de vingança que o dominava. Corriam boatos pela cidade sobre uma misteriosa figura que tinha sido vista perambulando pelos subúrbios e vagando pelas gargantas solitárias das montanhas. Certa vez uma bala passou assobiando pela janela de Stangerson e foi alojar-se na parede, a um palmo dele. Em outra ocasião, quando Drebber passava sob um penhasco, uma enorme pedra rolou de cima e ele só escapou de horrível morte porque se jogou no chão. Os dois jovens mórmons não demoraram muito para descobrir o motivo desses atentados contra a vida deles e organizaram repetidas expedições pelas montanhas, na esperança de capturar ou matar seu inimigo, mas sempre sem sucesso. Adotaram então a precaução de nunca sair sozinhos depois do cair da noite, além de pôr guardas em suas casas. Algum tempo depois, passaram a relaxar essas medidas, pois seu adversário não se fazia mais ver ou ouvir, e alimentaram a esperança de que o tempo havia aplacado sua sede de vingança.

Longe disso, pois só a tinha aumentado. O espírito do caçador era de uma natureza dura e inexorável, e a ideia predominante de vingança tinha tomado posse de tal modo dele que não havia lugar para qualquer outra emoção. Mas era, acima de tudo, um homem prático. Logo compreendeu que até mesmo sua férrea constituição não poderia resistir ao incessante esforço a que ele a submetia. A vida ao relento e a falta de alimento saudável o estavam consumindo. Se morresse como um cão nas montanhas, que seria feito de sua vingança? Se persistisse nesse modo de viver, com toda a certeza tal morte haveria de colhê-lo. Compreendeu que, dessa maneira, fazia o jogo de seus inimigos; assim, embora relutante, voltou às velhas minas de Nevada, para ali recuperar a saúde e juntar dinheiro suficiente, que lhe permitiriam prosseguir em seu objetivo sem privações.

Sua intenção tinha sido ausentar-se por um ano, no máximo, mas uma combinação de circunstâncias imprevistas o impediu de deixar as minas por quase cinco anos. No final desse período, porém, a lembrança do que havia sofrido e a sede de vingança eram tão vivas como naquela inesquecível noite em que estivera junto da sepultura de John Ferrier. Disfarçado e com nome falso, voltou a Salt Lake City, despreocupado com o que lhe pudesse acontecer, contanto que pudesse fazer aquilo que julgava justo. Más notícias o esperavam naquela cidade. Alguns meses antes, houvera um cisma entre o povo eleito, e alguns dos membros mais jovens da Igreja haviam se rebelado contra a autoridade dos anciãos; o resultado disso foi o afastamento de certo número de descontentes, que deixaram Utah e se tornaram infiéis. Entre esses, estavam Drebber e Stangerson, e ninguém sabia para onde tinham ido. Havia rumores de que Drebber havia conseguido converter em dinheiro uma grande parte de sua propriedade e que tinha partido como um homem rico, ao passo que seu companheiro Stangerson havia ficado relativamente pobre. Não existia, contudo, o menor vestígio do rumo por eles tomado.

Muitos homens, por mais vingativos que fossem, teriam abandonado toda ideia de vingança diante de semelhante dificuldade, mas Jefferson Hope não titubeou um momento sequer. Com os parcos recursos que possuía, aumentados por pequenos trabalhos que arranjava, viajou de cidade em cidade pelos Estados Unidos à procura de seus inimigos. Os anos se passavam, seus cabelos negros já se haviam tornado grisalhos, mas ele continuava a perambular, qual cão de caça, com o pensamento fixo no único objetivo ao qual devotava sua vida. Finalmente, sua perseverança foi recompensada. Não foi mais que um olhar de relance para uma janela, mas isso lhe bastou para saber que ali, em Cleveland, no estado de Ohio, estavam os homens que ele perseguia. Voltou a seu mísero alojamento com o plano de vingança bem elaborado. Acontecera, porém, que Drebber, olhando pela janela, tinha reconhecido o vagabundo que passava na rua e lido em seus olhos a intenção de matar. Ele correu para um juiz de paz, acompanhado de Stangerson, que se tornara seu secretário particular, e os dois declararam que suas vidas estavam em perigo, ameaçadas pelo ciúme e pelo ódio de um antigo rival. Nessa mesma noite, Jefferson Hope foi preso e, não tendo quem lhe pagasse fiança, ficou detido durante algumas semanas. Quando finalmente foi solto, encontrou a casa de Drebber vazia e ficou sabendo que ele e seu secretário tinham partido para a Europa.

Mais uma vez o vingador tinha sido despistado e mais uma vez seu ódio concentrado o instigava a continuar a perseguição. Faltavam-lhe recursos, porém, e durante algum tempo teve de voltar a trabalhar, poupando cada dólar para sua próxima viagem. Por fim, tendo reunido o indispensável para sobreviver, partiu para a Europa e passou a seguir seus inimigos de cidade em cidade, sujeitando-se a humildes trabalhos pelo caminho, mas sem nunca conseguir alcançar os fugitivos. Quando chegou a São Petersburgo, eles já tinham partido para Paris, e, quando passou a procurá-los nessa cidade, soube que acabavam de fugir para Copenhague. Na capital dinamarquesa também chegou com alguns dias de atraso, pois eles tinham seguido para Londres, onde finalmente conseguiu encontrá-los. Quanto ao que se sucedeu ali, não se pode fazer melhor do que transcrever a própria narrativa do velho caçador, tal como foi devidamente registrada no diário do dr. Watson, a quem devemos tanto.

Capítulo VI
Continuação das memórias do Dr. John Watson

A furiosa resistência de nosso prisioneiro não indicava aparentemente qualquer ferocidade contra nós, pois, ao ver-se impotente, sorriu de maneira afável e disse esperar que não tivesse ferido nenhum de nós durante a luta corpo a corpo.

– Acho que vão me levar ao posto policial – falou para Sherlock Holmes. – Minha carruagem está à porta. Se desamarrarem minhas pernas, posso descer sozinho até ela. Não sou tão leve como era antigamente.

Gregson e Lestrade se entreolharam, como se achassem aquela proposta um tanto ousada; mas Holmes imediatamente anuiu à palavra do prisioneiro e afrouxou a toalha que havíamos amarrado em torno de seus tornozelos. Ele se levantou e esticou as pernas, como que para se certificar de que estavam novamente livres. Lembro-me de pensar comigo mesmo, ao fitá-lo em pé, de nunca ter visto um homem de compleição tão robusta; seu rosto escuro, queimado pelo sol, tinha uma expressão de determinação e energia que era tão intimidante quanto sua força física.

– Se houver um lugar vago para chefe de polícia, acredito que você é o homem indicado – disse ele, olhando com indisfarçada admiração para meu companheiro de casa. – A maneira como seguiu meu rastro já é uma garantia.

– É melhor que venham comigo – disse Holmes aos dois detetives.

– Posso guiar a carruagem – disse Lestrade.

– Ótimo! E Gregson pode vir comigo dentro dela. Você também, doutor; mostrou interesse no caso e pode nos acompanhar.

Aceitei de bom grado e todos descemos juntos. Nosso prisioneiro não fez qualquer tentativa de fugir e subiu calmamente na carruagem, que tinha sido dele, e nós o seguimos. Lestrade subiu no assento do cocheiro, levantou o chicote para o cavalo e nos levou em pouco tempo a nosso destino. Fomos levados a um pequeno gabinete, onde um inspetor de polícia anotou o nome do preso e os nomes dos homens de cuja morte era acusado. O oficial de polícia era um homem de rosto pálido, impassível, que cumpria sua obrigação de um modo estupidamente mecânico.

– O prisioneiro deverá comparecer diante dos magistrados no decorrer desta semana – disse ele. – Entrementes, senhor Jefferson Hope, tem alguma coisa a declarar? Devo adverti-lo de que suas palavras serão registradas e poderão ser usadas contra o senhor.

– Tenho muita coisa a dizer – respondeu nosso prisioneiro, falando devagar. – Quero contar aos cavalheiros toda a história.

– Não é melhor deixar isso para seu julgamento? – perguntou o inspetor.

– Talvez eu nunca seja julgado – respondeu ele. – Não precisa se alarmar. Não é em suicídio que estou pensando. O senhor é médico? – Ao fazer essa pergunta, voltou seus olhos ardentes e escuros para mim.

– Sim, sou – respondi.

– Então ponha a mão aqui – disse ele, com um sorriso, apontando para o peito com seus pulsos algemados.

Assim fiz; e logo percebi um extraordinário batimento e uma agitação na altura do coração. As paredes do peito pareciam vibrar e tremer como uma frágil construção dentro da qual funcionasse um poderoso motor. No silêncio da sala, eu podia ouvir um estranho rumor ou zumbido que procedia da mesma fonte.

– Era só o que faltava! – exclamei. – Você tem um aneurisma na aorta.

– É assim que o chamam – disse ele, placidamente. – Fui ao médico na semana passada e ele me disse que a coisa poderia arrebentar em poucos dias. Tenho piorado muito nesses últimos anos. Apanhei isso vivendo ao relento e subnutrido entre as montanhas de Salt Lake. Mas agora já fiz meu trabalho e pouco me importa morrer logo; só que gostaria de deixar um relato do caso. Não quero ser lembrado como um assassino comum.

O inspetor e os dois detetives discutiram rapidamente sobre a conveniência de lhe permitir que contasse sua história.

– Acredita que há perigo imediato, doutor? – perguntou o primeiro.

– Com toda a certeza – respondi.

– Nesse caso, é claramente nosso dever, no interesse da justiça, acolher seu depoimento – disse o inspetor. – Tem toda a liberdade, senhor, de fazer seu relato, que, torno a avisá-lo, será transcrito.

– Com sua permissão, vou me sentar – disse o prisioneiro, acompanhando as palavras com a ação. – Esse aneurisma me deixa facilmente cansado e a briga que tivemos há meia hora não ajudou muito. Estou à beira do túmulo e não tenho interesse algum em mentir. Todas as palavras que vou dizer são a pura verdade e como vão usá-las não tem a menor importância para mim.

Com essas palavras, Jefferson Hope se reclinou na cadeira e começou a notável narrativa que se segue. Falava com calma e de maneira metódica, como se os acontecimentos por ele narrados fossem muito comuns. Posso garantir a exatidão do relato anexo porque tive acesso ao caderno de anotações de Lestrade, no qual as palavras do prisioneiro foram transcritas exatamente como foram proferidas.

– Pouco lhes interessa o quanto eu odiava esses homens – disse ele. – É suficiente saber que eram culpados pela morte de dois seres humanos – pai e filha – e que tinham, portanto, de pagar por esse crime com a própria vida. Como já fazia muito tempo que o tinham cometido, era impossível para mim conseguir que algum tribunal os condenasse.

Sabia, no entanto, que eram culpados e decidi que eu deveria ser o juiz, o júri e o algoz ao mesmo tempo. Os senhores teriam feito o mesmo, se possuidores de um pouco de senso de humanidade e se tivessem estado em meu lugar. – E continuou:

"Essa jovem de quem falei deveria se casar comigo, vinte anos atrás. Mas foi obrigada a se casar com esse mesmo Drebber e morreu de desgosto. Tirei-lhe a aliança de casamento do dedo quando ela estava no caixão e jurei que ele haveria de morrer olhando para essa mesma aliança e que seus últimos pensamentos seriam voltados para o crime pelo qual seria punido. Carreguei a aliança sempre comigo e segui Drebber e seu cúmplice por dois continentes até que os apanhei. Eles pensaram em me cansar, mas não conseguiram. Se eu morrer amanhã, como é bastante provável, morro sabendo que fiz meu trabalho neste mundo, e bem feito. Eles estão mortos e por minhas mãos. Não há mais nada a esperar nem a desejar para mim."

"Eles eram ricos e eu, pobre, de modo que não me era nada fácil segui-los. Quando cheguei a Londres, estava com os bolsos quase vazios e vi que precisava trabalhar em qualquer coisa para poder viver. Guiar cavalos ou montá-los sempre foi para mim tão natural como caminhar, assim, me apresentei ao escritório de um dono de carruagens e logo consegui emprego. Minha obrigação era levar certa quantia por semana ao proprietário, e o excedente seria meu. Raramente sobrava alguma coisa, mas conseguia de algum modo me manter. A parte mais difícil foi aprender a me orientar pela cidade, pois acho que, de todos os labirintos que já se excogitaram, esse de Londres é o mais confuso. Eu trazia, contudo, um mapa a meu lado e, depois que tinha localizado os principais hotéis e estações, consegui me sair bastante bem."

"Levei algum tempo até descobrir onde moravam meus dois cavalheiros; mas andei perguntando por toda parte até que, finalmente, consegui localizá-los. Estavam alojados numa pensão, em Camberwell, do outro lado do rio. Depois de encontrar seu paradeiro, eu os tinha em minhas mãos. Havia deixado crescer minha barba e não existia possibilidade de que eles me reconhecessem. Haveria de espreitá-los e segui-los até que chegasse minha oportunidade. Dessa vez, estava determinado a não deixá-los escapar."

"Por pouco não conseguiram. Aonde quer que fossem pela cidade de Londres, eu estava sempre no encalço deles. Às vezes os seguia com minha carruagem e outras vezes, a pé, mas a primeira forma era melhor, porque assim não poderiam fugir de mim. Somente de manhã cedo ou tarde da noite que eu podia ganhar alguma coisa com meu trabalho, de modo que comecei a ficar em débito com meu empregador. Mas isso não me importava, desde que conseguisse pôr a mão nos homens que eu queria."

"Acontece que eles eram muito espertos. Devem ter pensado que havia certa possibilidade de serem seguidos, pois nunca saíam sozinhos e nunca depois do anoitecer. Durante duas semanas, os segui de carruagem todos os dias e nunca os vi separados. O próprio Drebber passava metade do tempo bêbado, mas Stangerson não podia ser apanhado cochilando. Eu os vigiava da manhã até a noite, porém nunca tinha a menor chance de apanhá-los; eu não desanimei, contudo, porque qualquer coisa me dizia que a hora estava chegando. Meu único receio era que essa coisa que tenho no peito pudesse estourar um pouco cedo demais e eu tivesse de deixar meu trabalho por fazer."

"Finalmente, certa noite, eu estava descendo a Torquay Terrace, como era chamada a rua onde eles moravam, quando vi uma carruagem parar na porta da pensão. Dali a pouco trouxeram uma bagagem, e logo depois apareceram Drebber e Stangerson e partiram. Chicoteei meu cavalo e os mantive à vista, sentindo-me muito preocupado, pois temia que estivessem mudando de endereço. Saltaram na Euston Station, deixei um garoto tomando conta de meu cavalo e os segui até a plataforma. Ouvi perguntarem pelo trem de Liverpool, e o guarda responder-lhes que um tinha acabado de partir e só haveria outro dentro de algumas horas. Stangerson parecia aborrecido com isso, mas Drebber, pelo contrário, dava a impressão de estar satisfeito. Aproximei-me tanto deles no meio daquele alvoroço que pude ouvir cada palavra que eles trocaram entre si. Drebber disse que tinha um pequeno assunto particular a tratar e pediu ao outro que o esperasse na estação, pois logo retornaria. Seu companheiro protestou, lembrando-lhe que tinham resolvido andar sempre juntos. Drebber retrucou que se tratava de um assunto delicado e que precisava ir sozinho. Não pude ouvir o que Stangerson lhe respondeu, mas o outro passou a praguejar, fazendo-lhe notar que não era mais que um empregado pago para servi-lo e que não poderia lhe dar ordens. Com isso, o secretário acabou por se retrair e simplesmente lhe informou que, se ele perdesse o último trem, iria encontrá-lo no Halliday's Private Hotel, ao que Drebber respondeu que estaria de volta na plataforma antes das 11 e se retirou da estação."

"O momento pelo qual eu tanto havia esperado chegara, finalmente. Tinha meus inimigos nas mãos. Juntos, podiam proteger-se, mas separados estavam à minha mercê.

Não agi, porém, com indevida precipitação. Meus planos já estavam elaborados. Não há satisfação na vingança, a não ser que o inimigo tenha tempo de saber quem o golpeia e por qual motivo. Mas eu tinha preparado meus planos de modo que pudesse ter a oportunidade de fazer com que o homem que me havia prejudicado compreendesse que seu antigo pecado deveria ser reparado.

Por acaso, alguns dias antes, um cavalheiro, que se havia servido de minha carruagem para vistoriar algumas casas na Brixton Road, tinha deixado cair a chave de uma delas na carruagem. Foi reclamada naquela mesma tarde e devolvida; nesse intervalo de tempo, porém, mandei tirar o molde e fazer uma cópia. Dessa maneira, eu tinha acesso a pelo menos um local nessa grande cidade, onde não correria o risco de ser interrompido. Como levar Drebber para aquela casa era um problema difícil, que eu tinha de resolver."

"Ele desceu a rua a pé e entrou em um ou dois bares, demorando-se cerca de meia hora no último. Ao sair, ele cambaleava ao caminhar e, evidentemente, tinha passado da conta. Logo à frente de minha carruagem, passava uma charrete, que ele mandou parar. Segui-o tão de perto que o focinho de meu cavalo estava sempre a uns palmos da traseira do outro veículo. Passamos pela ponte de Waterloo e percorremos um sem-número de ruas, até que, para meu espanto, nos encontramos diante da pensão em que ele estivera alojado. Eu não podia imaginar qual era a intenção dele de voltar ali, mas avancei e parei minha carruagem a curta distância da casa. Ele entrou e a charrete foi embora. Deem-me um copo de água, por favor. Estou com a boca seca de tanto falar."

Entreguei-lhe o copo e ele bebeu com sofreguidão.

"Assim é melhor", disse ele. "Bem, esperei um quarto de hora ou mais, quando, de repente, ouvi um ruído como que de pessoas brigando no interior da casa. No momento seguinte, a porta foi escancarada e apareceram dois homens, um dos quais era Drebber, e o outro, um rapaz que eu nunca tinha visto antes. Esse sujeito trazia Drebber pelo colarinho e, quando chegaram nos degraus da escada, deu-lhe um empurrão e um pontapé que o lançou quase no meio da rua. 'Cachorro!', gritou ele, brandindo a bengala; 'vou ensiná-lo a não insultar uma moça honesta!' Estava tão furioso que teria espancado Drebber com seu bordão se aquele patife não tivesse desaparecido rua abaixo, correndo tão rápido quanto ainda podiam suas pernas. Chegou até a esquina e, vendo minha carruagem, me acenou e entrou: 'Leve-me ao Halliday's Private Hotel', disse ele".

"Quando o tinha finalmente dentro da carruagem, meu coração pulava com tanta alegria que fiquei com medo, nesse momento, de que meu aneurisma estourasse. Dirigi lentamente pela rua, ponderando o que seria melhor fazer. Podia conduzi-lo diretamente aos arredores da cidade e, ali, em algum beco deserto, ter com ele minha última conversa. Estava quase decidido a isso quando ele próprio resolveu meu problema. A vontade de beber o dominou outra vez e mandou parar diante de um bar. Entrou e me recomendou que o esperasse. Lá permaneceu até a hora de fechar e, quando saiu, estava tão bêbado que eu sabia que o jogo pendia para meu lado."

"Não pensem que eu tinha a intenção de matá-lo a sangue-frio. Se o fizesse, não seria mais do que pura justiça, mas não podia me conformar com isso. Fazia muito tempo que tinha decidido dar-lhe uma chance de salvar sua vida, se escolhesse arriscar. Entre os muitos empregos que tive na América, durante minha vida errante, fui certa vez porteiro e varredor do laboratório da Universidade de York. Um dia o professor estava dando uma aula sobre venenos e mostrou aos estudantes certo alcaloide, como ele o chamava, que tinha extraído do veneno de flechas da América do Sul e que era tão potente que a mínima dose causava morte instantânea. Marquei o frasco em que esse preparado estava guardado e, quando todos se retiraram, recolhi uma pequena quantidade. Eu me saía muito bem como boticário; assim, manipulei esse alcaloide e o concentrei em pequenas pílulas solúveis e pus cada pílula numa caixinha com uma similar, feita sem veneno. Resolvi então que, quando tivesse oportunidade, meus cavalheiros haveriam de escolher uma pílula de uma dessas caixas, enquanto eu haveria de tomar a outra. Era um meio igualmente mortal e menos barulhento do que disparar um revólver através de um lenço. A partir daquele dia, sempre trazia comigo as caixinhas com as pílulas; e o momento de utilizá-las havia chegado."

"Era quase 1 hora de uma noite deserta e gélida, com vento forte e chovendo torrencialmente. Por mais sombrio que estivesse o tempo lá fora, eu me sentia feliz por dentro, tão feliz que tinha vontade de gritar de pura alegria. Se algum dos senhores já desejou ardentemente uma coisa e ansiou por ela durante vinte anos e, então, de repente, a encontra ao alcance da mão, haveria de compreender o que eu sentia. Acendi um charuto e tirei umas baforadas para acalmar meus nervos, mas minhas mãos tremiam e minhas têmporas latejavam sem parar. Enquanto dirigia a carruagem, parecia poder ver o velho John Ferrier e a doce Lucy olhando para mim, no meio da escuridão, e sorrindo, exatamente como agora vejo os senhores nesta sala. Durante todo o caminho eles estavam à minha frente, um de cada lado do cavalo, até que parei diante da casa da Brixton Road."

"Não havia alma viva ali, nem um só ruído, exceto o pingar da chuva. Quando olhei para dentro da carruagem, vi Drebber todo encolhido num profundo sono de bêbado. Sacudindo-o por um braço, lhe disse:

– Está na hora de sair.

– Muito bem, cocheiro – disse ele.

"Suponho que ele pensava que tínhamos chegado ao hotel indicado por ele, pois desceu sem dizer palavra e me seguiu pelo jardim. Tive de caminhar ao lado dele para ampará-lo, uma vez que não se equilibrava muito bem nas pernas. Quando chegamos à porta, abri-a e o fiz entrar na sala da frente. Dou-lhes minha palavra que, durante todo o caminho, pai e filha iam andando na frente de nós dois."

– Está infernalmente escuro – disse ele, arrastando os pés.

– Logo vamos ter luz – disse eu, riscando um fósforo e acendendo uma vela que trazia comigo. – E agora, Enoch Drebber – continuei, voltando-me para ele e segurando a vela perto de meu rosto –, quem sou eu?

"Ele me olhou por um instante com seus olhos turvos e bêbados e então vi se desenhar uma expressão de terror neles e convulsionando-lhe completamente as feições, o que mostrava que ele havia me reconhecido. Recuou cambaleante, com o rosto lívido, e vi o suor que lhe brotava na testa, enquanto batia seus dentes. À vista disso, eu me encostei na porta e ri às gargalhadas por algum tempo. Eu sabia que a vingança seria doce, mas nunca tinha esperado tamanho contentamento a me invadir a alma."

– Cão maldito! – exclamei. – Andei à sua caça de Salt Lake City a São Petersburgo, e você sempre me escapou. Agora, finalmente, suas andanças terminaram, porque um de nós não verá o dia de amanhã.

"Ele se encolhia sempre mais enquanto eu falava e pude ver em seu rosto que achava que eu estava louco. E eu estava, por uns momentos. O sangue batia em minhas têmporas como uma marreta e creio que teria sofrido um ataque qualquer, se o sangue não tivesse esguichado pelo nariz e me aliviado."

– Que pensa agora de Lucy Ferrier? – gritei, trancando a porta e sacudindo a chave na cara dele. – O castigo veio vindo lentamente, mas finalmente chegou.

"Vi seus covardes lábios tremendo enquanto eu falava. Ele teria suplicado que lhe poupasse a vida, mas sabia que era inútil.

– Vai me matar? – gaguejou ele.

– Não é questão de matar – respondi. – Quem fala em matar um cachorro louco? Que piedade teve você por minha pobre noiva quando a arrancou do pai dela trucidado e a arrastou para seu maldito e vergonhoso harém?

– Não fui eu quem matou o pai dela – gritou ele.

– Mas foi você quem despedaçou o inocente coração dela – gritei por minha vez, empurrando a caixinha para ele. – Que Deus seja nosso juiz. Escolha uma e engula. Numa delas há morte e na outra, vida. Vou tomar a que você deixar. Vamos ver se há justiça na Terra ou se somos governados pelo acaso.

"Ele se acovardou, soltando gritos selvagens e implorando por piedade, mas eu puxei minha faca e a encostei na garganta dele até que finalmente me obedeceu. Então eu engoli a outra pílula e ficamos face a face, em silêncio, durante um minuto ou mais, esperando para ver quem deveria viver ou quem haveria de morrer. Jamais vou esquecer a aparência que tomou conta do rosto dele quando as primeiras dores anunciavam que o veneno estava em seu corpo. Ao perceber isso, comecei a rir e segurei a aliança de casamento de Lucy diante dos olhos dele. Foi apenas um breve instante, porque a ação do alcaloide é rápida. Um espasmo de dor contraiu suas feições; estendeu as mãos para a frente, cambaleou e, então, com um grito rouco, caiu pesadamente no chão. Virei-o com o pé e pus a mão em seu coração. Não havia pulsação. Estava morto!"

"O sangue continuava a escorrer de meu nariz, mas não tinha notado. Não sei como me veio à cabeça a ideia de escrever com ele na parede. Talvez a maldosa ideia de pôr a polícia numa pista falsa, pois estava de coração leve e contente. Lembrei-me de um alemão encontrado morto em Nova York com a palavra "Rache" escrita no peito e, na época, os jornais diziam que o crime fora cometido por alguma sociedade secreta.

Pensei que aquilo que havia desconcertado os nova-iorquinos poderia desorientar os londrinos, de modo que molhei o dedo em meu sangue e escrevi essa palavra num local conveniente da parede. Então fui até minha carruagem e percebi que não havia ninguém por ali e que a noite estava ainda muito feia. Já tinha percorrido certa distância quando pus a mão no bolso, onde guardava habitualmente a aliança de Lucy, e dei pela falta dela. Sofri um baque com isso, pois era a única lembrança que eu tinha dela. Pensando que a pudesse ter deixado cair quando me inclinei sobre o corpo de Drebber, voltei e, estacionando a carruagem numa rua paralela, dirigi-me ousadamente para a casa, pois estava disposto a tudo, menos a perder a aliança. Quando cheguei lá, dei com um policial que vinha saindo e só consegui afastar as suas suspeitas fingindo-me de bêbado."

"Foi assim que Enoch Drebber chegou ao fim de seus dias. Tudo o que me restava então era fazer o mesmo com Stangerson, cobrando a dívida que ele tinha para com John Ferrier. Sabia que ele estava hospedado no Halliday's Private Hotel e andei rondando o lugar durante o dia todo, mas ele não saiu. Imaginei que ele suspeitasse de algo, ao ver que Drebber não tinha voltado. Que Stangerson era esperto, isso ele era, e estava sempre alerta. Se achava que podia me escapar ficando lá dentro, estava muito enganado. Logo descobri qual era a janela de seu quarto e, na manhã seguinte, muito cedo, aproveitei uma escada que estava num beco dos fundos do hotel e por ela entrei no quarto, antes do raiar do dia. Acordei-o e lhe disse que havia chegado a hora de responder pela vida que ele tinha ceifado tantos anos antes. Contei-lhe como Drebber morrera e lhe dei a mesma chance de escolha das pílulas envenenadas. Em vez de se agarrar à oportunidade de salvação que eu lhe oferecia, pulou da cama e saltou em meu pescoço. Em legítima defesa, golpeei-o com uma punhalada no coração. De qualquer maneira, seu fim estava selado, porque a Providência jamais haveria de permitir que aquela mão culpada tirasse outra pílula a não ser a envenenada."

"Pouco me resta dizer, e menos mal, pois estou exausto. Continuei a trabalhar com a carruagem por uns dias, pretendendo seguir com ela até juntar dinheiro suficiente para que pudesse voltar à América. Estava no pátio quando um garoto maltrapilho veio me perguntar se havia por ali um cocheiro chamado Jefferson Hope, dizendo que um cavalheiro pedia pela carruagem no número 221-

B da Baker Street. Fui para lá sem suspeitar de nada e, antes que eu tivesse tempo de pensar, este jovem algemou meus pulsos com uma rapidez que nunca tinha visto em minha vida. Essa é toda a minha história, senhores. Podem me considerar um assassino, mas eu me julgo exatamente como um instrumento da justiça tanto quanto os senhores o são."

 Tão emocionante havia sido a narrativa do homem e tão impressionantes suas maneiras que ficamos calados e absortos. Até os detetives profissionais, habituados como estavam com todos os pormenores de um crime, pareciam vivamente interessados na história desse homem. Quando ele terminou, permanecemos por alguns minutos em silêncio, que só foi rompido pelo raspar do lápis de Lestrade, que dava os toques finais a suas anotações taquigráficas.

 – Há apenas um ponto sobre o qual eu desejaria mais esclarecimentos – disse Sherlock Holmes, finalmente. – Quem era seu cúmplice que veio procurar a aliança que anunciei nos jornais?

 O prisioneiro piscou os olhos maliciosamente para meu amigo.

 – Posso revelar meus segredos – disse ele –, mas não ponho outras pessoas em dificuldades. Vi seu anúncio e achei que poderia ser uma cilada ou poderia ser mesmo a aliança que eu queria. Um amigo meu se ofereceu espontaneamente para ir verificar. Acho que deve concordar que ele se desincumbiu muito bem.

 – Sem dúvida alguma – disse Holmes, entusiasticamente.

 – Agora, cavalheiros – observou gravemente o inspetor –, devemos cumprir as formalidades legais. Na quinta-feira, o prisioneiro será conduzido ao tribunal, e a presença dos senhores será necessária. Até lá serei responsável por ele.

 Dizendo isso, tocou uma sineta, e Jefferson Hope foi levado por dois guardas, enquanto meu amigo e eu nos retirávamos do posto policial e tomávamos uma carruagem para voltar à Baker Street.

Capítulo VII
Conclusão

Todos nós tínhamos sido citados para comparecer perante os magistrados na quinta-feira, mas, quando chegou o dia, não tivemos oportunidade de prestar nossos depoimentos. Um juiz mais importante havia tomado em mãos o caso, e Jefferson Hope foi intimado a comparecer diante de um tribunal, no qual seria julgado com a mais estrita justiça. Na mesma noite que se seguiu à sua captura, o aneurisma estourou e, pela manhã, foi encontrado estatelado no chão de sua cela, com um plácido sorriso nos lábios, como se, durante os momentos de agonia, tivesse podido olhar para trás e contemplar toda uma vida útil e uma missão cumprida à risca.

– Gregson e Lestrade ficarão furiosos com a morte dele – observou Holmes, quando a comentávamos na noite seguinte. – Onde estará agora o grande estardalhaço que pretendiam fazer?

– Não vejo qual possa ter sido a contribuição deles para a captura do homem – repliquei.

– O que você faz neste mundo não tem grande importância – retrucou meu companheiro, amargamente. – A questão é o que você pode fazer para que as pessoas acreditem que você o fez. Não importa – continuou ele, mais tranquilo, depois de uma pausa. – Não teria renunciado a essa investigação por nada. Não houve caso melhor, que eu me lembre. Embora simples, havia vários pontos muito instrutivos.

– Simples! – exclamei.

– Bem, na realidade, dificilmente poderia ser classificado de outra maneira – disse Sherlock Holmes, sorrindo diante de minha surpresa. – A prova de sua simplicidade intrínseca é que eu, sem nenhuma ajuda, exceto por algumas poucas deduções muito comuns, consegui pôr as mãos no criminoso em três dias.

– Isso é verdade – admiti.

– Já lhe expliquei que aquilo que está fora do comum é geralmente mais um guia do que um obstáculo. Ao resolver um problema desse tipo, o essencial é ser capaz de raciocinar retrospectivamente. Esse é um processo muito útil e muito fácil, mas poucos se servem dele. Nos assuntos rotineiros da vida, é mais útil raciocinar para a frente e, assim, o processo inverso é negligenciado. Há cinquenta pessoas que podem raciocinar sinteticamente para cada uma que consegue raciocinar analiticamente.

– Confesso – disse eu – que não consigo seguir muito bem seu raciocínio.

– Dificilmente esperava que compreendesse. Vejamos se posso ser mais claro. A maioria das pessoas, se lhes descrever uma série de acontecimentos, vai lhe dizer quais seriam as consequências. Essas pessoas podem concatenar os acontecimentos em sua mente e são capazes de deduzir o que deles vai decorrer. Há poucas pessoas, porém, que, se lhes contar uma consequência, são capazes de deduzir, com plena consciência, quais os passos que levaram a esse resultado. A essa capacidade é que me refiro quando falo em raciocinar retrospectivamente ou analiticamente.

– Compreendo – disse eu.

– Esse era um caso em que o resultado é dado, e o resto deve ser descoberto por você mesmo. Agora, vou tentar lhe mostrar os diferentes passos de meu raciocínio. Para começar desde o início, eu me aproximei da casa, como bem sabe, a pé e com o espírito inteiramente livre de qualquer suposição. Naturalmente, comecei examinando a rua e ali, como já lhe expliquei, vi claramente as marcas de uma carruagem, que, segundo informações obtidas, devia ter estado ali durante a noite. Observei que era uma carruagem de aluguel e não uma particular, pela bitola mais estreita das rodas. A carruagem comum de Londres é bem mais larga que a de um cavalheiro.

"Esse foi o primeiro ponto esclarecido. Então caminhei lentamente pela trilha do jardim, que era de terreno barrento, particularmente apropriado para reter pegadas. Não tenho dúvida de que aquilo lhe parecia uma simples linha de lama pisoteada, mas para meus olhos treinados cada marca em sua superfície tinha um significado. Não há ramo da ciência investigativa tão importante e tão negligenciado como a arte de identificar pegadas. Felizmente sempre lhe dediquei a maior atenção, e a intensiva prática tornou-a uma segunda natureza para mim. Reconheci as pegadas profundas dos policiais, mas vi também as marcas deixadas por dois homens que haviam passado antes pelo jardim. Foi fácil determinar que estiveram antes dos outros, porque em certos lugares suas pegadas tinham sido inteiramente apagadas pelas outras, que se sobrepuseram a elas. Desse modo, meu segundo elo se fechava e me dizia que os visitantes noturnos eram dois, um de grande estatura (conforme calculei pela largura de seus passos) e outro elegantemente vestido, a julgar pela marca pequena e bem delineada deixada por seus calçados."

"Ao entrar na casa, essa última hipótese foi confirmada. O homem bem calçado jazia diante de mim. O alto, portanto, tinha cometido o crime, se é que houvera crime. Não havia nenhum ferimento no cadáver, mas a expressão agitada de seu rosto me garantiu que ele tinha previsto seu destino antes que viesse a termo. As pessoas que morrem de ataque do coração ou de qualquer outra causa natural súbita jamais, sob qualquer hipótese, apresentam comoção em suas feições. Cheirando os lábios do morto, detectei um leve odor azedo e cheguei à conclusão de que ele fora compelido a tomar veneno. Novamente, pude inferir que havia sido forçado a tomá-lo por causa do ódio e do medo estampados em seu rosto. Pelo método de exclusão, cheguei a esse resultado, pois nenhuma outra hipótese poderia englobar todos os fatos. Não pense que é uma ideia inaudita. A administração forçada de veneno não é, de modo algum, uma coisa nova nos anais do crime. Os casos de Dolski, em Odessa, e de Leturier, em Montpellier, haveriam de ocorrer imediatamente a um toxicólogo."

"E agora vinha a grande questão, ou seja, o motivo. O roubo não havia sido o objetivo do assassinato, pois nada foi levado. Tratava-se de política então, ou de uma mulher? Essa era a questão com que me defrontei. Desde o início eu estava inclinado para a segunda suposição. Assassinos políticos se contentam em fazer seu trabalho e desaparecem. Esse crime, ao contrário, tinha sido cometido de maneira mais deliberada, e o autor tinha deixado suas pegadas por toda a sala, mostrando que estivera ali o tempo todo. Devia ser um caso pessoal, e não político, exigindo assim uma vingança tão metódica. Quando a inscrição na parede foi descoberta, fiquei mais inclinado ainda a essa minha opinião. Aquilo era evidentemente um falso indício. Quando, porém, a aliança foi achada, fechei a questão. O assassino a havia claramente usado para lembrar à sua vítima alguma mulher morta ou ausente. Foi a essa altura que perguntei a Gregson se, em seu telegrama para Cleveland, tinha pedido informações sobre algum ponto em particular da vida pregressa do senhor Drebber. Deve lembrar-se que ele me respondeu negativamente."

"Prossegui então num cuidadoso exame da sala, que confirmou minha opinião quanto à estatura do assassino e me forneceu pormenores adicionais com relação ao charuto Trichinopoly e ao comprimento das unhas. Já havia chegado à conclusão, uma vez que não se mostravam sinais de luta, de que o sangue que cobria o assoalho tinha jorrado do nariz do assassino, em decorrência de sua excitação. Percebi que o rastro de sangue coincidia com suas pegadas. É raro que um homem, a não ser que seja rubicundo, sofra uma hemorragia dessas em momento de grande emoção; por isso decidi deduzir que o criminoso era provavelmente um homem robusto e de rosto vermelho. Os acontecimentos provaram que tinha julgado corretamente."

"Ao deixar a casa, me empenhei em fazer o que Gregson tinha negligenciado. Telegrafei ao chefe de polícia de Cleveland, limitando meu pedido de informações às circunstâncias relacionadas com o casamento de Enoch Drebber. A resposta foi conclusiva. Dizia-me que Drebber já havia pedido a proteção da lei contra um antigo rival em amor, chamado Jefferson Hope, e que esse mesmo Hope se encontrava, neste momento, na Europa. Eu tinha nas mãos a chave do mistério, e tudo o que restava era localizar o assassino."

"Já havia definido em minha mente que o homem que tinha caminhado para dentro da casa com Drebber não era outro senão o cocheiro. As marcas na rua me mostravam que o cavalo tinha se movimentado de um modo que seria impossível, se houvesse alguém cuidando dele. Onde, portanto, poderia estar o cocheiro senão no interior da casa? E, de novo, é absurdo supor que um homem, em pleno uso da razão, fosse cometer um crime deliberado aos olhos, como era o caso, de uma terceira pessoa, que facilmente poderia traí-lo. Finalmente, admitindo que um homem quisesse seguir outro por todos os cantos de Londres, que meio melhor poderia adotar do que se tornar um cocheiro a serviço da praça?

Todas essas considerações me levaram à conclusão definitiva de que Jefferson Hope deveria ser encontrado entre os cocheiros de aluguel da metrópole."

"Se Hope já o tinha sido, não havia razão para crer que tivesse deixado de ser. Pelo contrário, sob o ponto de vista dele, qualquer mudança súbita certamente haveria de atrair a atenção sobre ele. Provavelmente, ao menos por algum tempo, continuaria a exercer seu trabalho. Não havia motivo para imaginar que tivesse mudado de nome. Por que haveria de fazê-lo num país em que ninguém conhecia seu verdadeiro nome? Por isso, organizei meu grupo de detetives, composto de meninos de rua, e os mandei sistematicamente atrás de todos os proprietários de carruagem de Londres, até que desentocassem o homem que eu queria. Deve estar ainda bem vivo em sua memória como eles se saíram bem e como tirei rapidamente partido disso. O assassinato de Stangerson foi um incidente inteiramente inesperado, mas que, de qualquer modo, dificilmente poderia ter sido evitado. Através dele, como bem sabe, vieram parar em minhas mãos as pílulas, de cuja existência eu já havia suspeitado. Como vê, tudo isso é uma corrente de sequências lógicas sem quebra ou falha."

– É maravilhoso! – exclamei. – Seus méritos deveriam ser reconhecidos publicamente. Você deveria publicar um relato do caso. Se não o fizer, eu o faço.

– Pode fazer o que bem entender, doutor – respondeu ele. – Mas veja isso! – continuou, entregando-me um jornal. – Olhe isso!

Era um exemplar do jornal do dia *Echo*, e o parágrafo que ele me indicava abordava o caso em questão, no qual se podia ler:

"O público perdeu um sensacional julgamento por causa da morte súbita de Hope, que era suspeito de ter assassinado o senhor Enoch Drebber e o senhor Joseph Stangerson. Os pormenores do caso provavelmente nunca serão conhecidos, embora tenhamos fundamentadas informações de que o crime foi o resultado de uma antiga e passional rixa, em que o amor e o mormonismo tinham sua parte. Parece que ambas as vítimas pertenceram, na mocidade, à Igreja dos Santos dos Últimos Dias, e Hope, o falecido prisioneiro, também era oriundo de Salt Lake City. Se o caso não teve maior repercussão, pelo menos serviu para evidenciar de maneira notável a eficiência de nossa força policial investigadora e deverá servir de lição para todos os estrangeiros, que deveriam, de modo mais sensato, resolver suas contendas em seus países de origem e não trazê-las para o solo britânico. Não é segredo para ninguém que o crédito dessa brilhante captura cabe inteiramente aos bem conhecidos investigadores da Scotland Yard, os senhores Lestrade e Gregson. O homem foi capturado, ao que parece, no apartamento de um certo senhor Sherlock Holmes, que, como amador, mostrou algum talento na linha investigativa e que, com tais instrutores, pode almejar, com o tempo, adquirir parte da grande habilidade deles. Espera-se que alguma distinção especial seja conferida aos dois funcionários como justo reconhecimento por seus serviços."

– Não foi isso o que eu lhe disse quando começamos? – exclamou Sherlock Holmes, com uma risada. – Esse é o resultado de nosso *Estudo em Vermelho*: conseguir uma distinção especial para eles!

– Pouco importa – respondi. – Tenho todos os fatos em meu diário, e o público vai tomar conhecimento deles. Entrementes, deve contentar-se com a convicção de ter vencido, como dizia o avarento romano:

"Populus me sibilat, at mibi plaudo
Ipse domi simul ac nummos contemplor in arca."[1]

---

1 *"O povo me vaia, mas eu me aplaudo em minha própria casa, enquanto contemplo meu dinheiro no cofre"* (N. do T.).